Gofi Müller

Huchting

Gofi Müller

Huchting

Geschichten von der Straße

adeo

Inhalt

Gestrandet auf dem Weg nach Huchting 7

Von der Schwierigkeit, einen Schmetterling fliegen zu lassen 19

Schüsse in der Amsterdamer Straße 29

Die Frau von gegenüber 41

Der Sektenpriester 51

Nur dieses eine Mal! 69

Eine ganz normale Familie 83

Weißt du noch? 93

Drei Freunde up'n Swutsch 105

Wie aus dem Nichts 117

Das Duell 137

Weihnachten in Huchting 149

Gestrandet auf dem Weg nach Huchting

Der Zug kommt mit einem derartigen Ruck zum Stehen, dass ein Koffer aus der Gepäckablage rutscht und in den Gang knallt. Silke sitzt in Fahrtrichtung und wird von dem Bremsmanöver nicht nur aus dem Schlaf, sondern auch von ihrem Sitz gerissen. Der Mann, der ihr gegenüber sitzt, fängt sie auf und hält sie fest. Jetzt hilft er ihr behutsam, sich wieder hinzusetzen.

„Haben Sie sich wehgetan?", fragt er. Er hat eine freundliche, für einen Mann recht hohe Stimme.

„Nein, nein. Und Sie?"

„Geht schon. Kein Problem."

„Danke", sagt Silke, als er sich wieder in seinen Sitz zurücklehnt. „Tut mir wirklich wahnsinnig leid."

„Macht doch nichts! Sie können ja nichts dafür." Er reibt sich die Brust, vermutlich die Stelle, auf die sie geprallt ist.

„Sie haben sich ja doch wehgetan Das ist mir wirklich peinlich. Entschuldigung!"

„Nur ein blauer Fleck." Er lacht. „Aber Sie sind wirklich mit Volldampf angeflogen gekommen. Meine Güte! Ich konnte gar nicht so schnell reagieren."

Silke stimmt in sein Lachen ein, obwohl sie es nicht lustig findet. Es ist eher ein Friedensangebot. Sie ist noch völlig verwirrt. An die Fenster klatschen große Regentropfen, während der Wind heult und mit unglaublicher Wucht am Waggon rüttelt. Die Landschaft verliert sich in Dunkelheit. Der Zug steht.

Sie sitzen im Regionalexpress nach Bremen, aber wo genau sie sich befinden, kann sie beim besten Willen nicht erkennen. Im Zugabteil beginnen die Fahrgäste, sich zunächst flüsternd und dann immer lauter dieselbe Frage zu stellen. Silke blickt auf die Uhr. Es ist zwanzig vor zehn.

„Wissen Sie, wo wir sind?", fragt sie den Mann, der angestrengt aus dem Fenster schaut.

„Nee. Ich kenn mich hier aber auch nicht aus. In Oldenburg waren wir jedenfalls noch nicht. Sind Sie aus der Gegend?" Er mag dreißig sein, vielleicht auch älter, trägt einen Vollbart, kurze Haare, einen sportlichen Anzug und ist, wie Silke feststellt, ziemlich muskulös.

„Nee", sagt auch sie. „Ich hatte hier nur beruflich zu tun."

„Echt?" Er lächelt ein sympathisches Lächeln und zeigt dabei eine Zahnlücke. „Was machen Sie denn so?"

„Ich bin Kunsthistorikerin." Da ist es wieder, dieses Gefühl, das sie immer hat, wenn sie jemandem ihren Beruf verrät. Als würde sie ein Geheimnis ausplaudern, ein Hobby, das man nur mit guten Freundinnen teilt, um gemeinsam darüber zu lachen. „Und Sie?", fragt sie dann ein wenig forsch.

„Ich auch." Er lacht erneut. „Also, nicht Kunsthistoriker. Aber beruflich unterwegs. Ich bin in der Gastronomie und hatte einen Termin bei einem Lieferanten. Langweilig! Das, was Sie machen, klingt interessanter."

„Na ja, Sie wissen ja gar nicht, was ich mache." Silke ist verlegen, freut sich aber über sein Kompliment. „Ich beschäftige mich mit Kirchenkunst. Ich habe mir eine Kirche angeschaut."

„Und? Hat sich die Reise gelohnt?"

„Geht so." Sie hebt die zarten Schultern und streicht die langen roten Locken aus dem Gesicht. „Irgendwie scheint es gar nicht weiterzugehen." In diesem Moment geht der Motor des

Zuges aus, der die ganze Zeit über gebrummt hat. Mehrere der Fahrgäste seufzen.

„Scheint was Größeres zu sein“, sagt der Mann.

„Ob das was mit dem Sturm zu tun hat?“, fragt Silke.

„Kann sein. Das ging ja ab wie sonst was. Vielleicht sind ein paar Äste abgebrochen oder so.“

„Hoffentlich nicht! Glauben Sie, wir kommen heute noch nach Hause?“

„Na klar!“ Bei seinen letzten Worten blickt er aus dem Fenster und betrachtet ernst die schwankenden Äste eines Baumes, der ganz in der Nähe der Gleise steht.

Der Lautsprecher in der Decke des Abteils knackt, und eine männliche Stimme ertönt blechern. „Meine sehr verehrten Damen und Herren. Bitte beachten Sie folgende Durchsage: Aufgrund mehrerer umgestürzter Bäume können wir unsere Reise leider nicht fortsetzen. Es ist momentan nicht möglich, die Strecke freizuräumen. Wir werden deshalb zum letzten Bahnhof nach Augustfehn zurückfahren. Über alles Weitere halten wir Sie selbstverständlich auf dem Laufenden. Wir bitten vielmals um Entschuldigung für die Unannehmlichkeiten.“

Die Durchsage ist von Stöhnen und ungläubigen Ausrufen der Fahrgäste begleitet worden. Jetzt springt der Motor wieder an, und langsam setzt sich die Bahn in entgegengesetzter Richtung in Bewegung.

Silkes Herz schlägt ihr bis zum Hals. Sie starrt aus dem Fenster und denkt angestrengt nach. „Wenn das mit dem Zug nicht weitergeht, dann wird man uns doch sicher Busse schicken, oder?“

„Ja klar!“ Er versucht beruhigend zu klingen, wirkt aber angespannt. „Ich kann mich gar nicht an den letzten Bahnhof erinnern. Das war irgend so ein Kaff.“

„O Gott! Ich hatte mich so auf meinen Feierabend gefreut."

„Was wollten Sie denn machen?", fragt er, vielleicht um sie ein wenig abzulenken.

„Meine Lieblingsserie schauen und Eis essen." Sie seufzt. „Ich hoffe nur, dass wir überhaupt noch nach Hause kommen ..."

„Na klar! Machen Sie sich mal keine Sorgen. Die können uns ja hier nicht übernachten lassen."

Der Zug fährt langsam in den Bahnhof ein. Es ist eine kleine Ortschaft, die unter den peitschenden Regenmassen verloren und menschenleer wirkt. Als der Zug anhält, steht niemand auf. Alle verharren reglos und warten darauf, dass ihnen jemand sagt, wie es weitergehen soll.

Der Lautsprecher knackt erneut: „Meine sehr verehrten Damen und Herren, aufgrund der extremen Wetterlage ist es leider *nicht möglich*, ich wiederhole, ist es leider *nicht möglich*, weiterzureisen, weder per Zug noch per Bus. Schienen und viele Straßen sind im Moment unpassierbar. Wir bedauern das *außerordentlich*! Sollten Sie jemanden kennen, der hier in der Nähe wohnt, können Sie sich vielleicht abholen lassen. Ansonsten bitten wir Sie darum, dass Sie sich ein Quartier für die Nacht suchen. Es gibt im Ort ein Hotel direkt am Bahnhof. Alle Auslagen werden gegen Vorlage der Belege selbstverständlich von unserem Unternehmen übernommen. Heben Sie unbedingt die Quittungen auf. Bitte verlassen Sie den Zug. Dankeschön."

Erschrocken sieht Silke den Mann an. Für einen kurzen Moment scheint der nun doch die Fassung zu verlieren. Er schüttelt den Kopf, während er den Bahnsteig betrachtet. „Scheiße! So was hab ich ja noch nie erlebt." Dann gibt er sich einen Ruck und steht auf. „Egal. Soll ich Ihnen beim Tragen helfen?"

„Ich hab nur diese Tasche." Silke deutet auf ihre Aktentasche. „Ich habe überhaupt nichts dabei, keine Kulturtasche, gar nichts!"

„Im Hotel gibt es alles, was Sie brauchen“, sagt er. „Schauen wir doch einfach mal, wie die Lage hier ist. Ich bin übrigens Habib.“ Er hält ihr die Hand hin und versucht ein ermutigendes Lächeln.

„Silke“, sagt sie, als sie ihm die Hand gibt.

Zusammen mit den anderen Fahrgästen klettern sie nach draußen. Überall sieht man besorgte und auch wütende Gesichter, Kinder weinen, Männer schimpfen oder machen Witze und Frauen versuchen, sich gegenseitig zu beruhigen. Der Wind ist unangenehm feucht und reißt an Kleidern und Haaren.

Sie folgen der nicht sonderlich großen Schar die Treppen hinunter in einen Gang, der unter den Gleisen hindurch zu einer Halle führt. Die Neonreklamen der geschlossenen Geschäfte beleuchten den grauen Steinfußboden. Silke fröstelt und zieht ihren Mantel am Kragen zusammen. Dann geht es hinaus auf den Vorplatz. Direkt gegenüber steht ein Gasthof, ein unscheinbares, vermutlich weißes Gebäude, so genau ist das im gelblichen Licht der schwankenden Straßenlaternen nicht zu erkennen.

Mit nach vorne gebeugten Oberkörpern hasten die Menschen unter den immer noch dicht fallenden Tropfen hindurch. Jeder will möglichst schnell das Hotel erreichen. Einige wenige bleiben stehen, zünden sich Zigaretten an oder holen Handys hervor, um jemanden zu benachrichtigen.

Als Silke und Habib das Foyer erreichen, hat sich vor dem Tresen bereits eine Menschenschlange gebildet. Ein junger, überfordert wirkender Portier fertigt die unerwarteten Gäste ab, händigt Schlüssel aus und wendet sich dann sofort den nächsten zu.

Habib lässt eine aufgelöste, ältere Dame vor, die mit bekümmerter Miene den Schlüssel entgegennimmt und sich zögerlich auf die Suche nach ihrem Zimmer macht. Dann sind sie als Letzte an der Reihe.

„Sie gehören zusammen, hoffe ich?", sagt der Portier, ohne von seinem Computerbildschirm aufzusehen.

„Nein, zwei Einzelzimmer, bitte", sagt Habib.

„Es tut mir leid, aber wir haben nur noch ein Doppelzimmer. Alle anderen sind belegt."

„Das geht nicht. Wir brauchen jeder ein Zimmer. Kucken Sie noch mal nach."

„Da brauche ich nicht zu kucken", sagt der junge Mann und macht ein bedauerndes Gesicht. „Ich sehe das hier vor mir. Es gibt nur noch dieses eine Zimmer. Tut mir leid. Aber mit so einem Ansturm konnten wir ja nicht rechnen."

„Sie müssen doch noch irgendeine Kammer oder einen Abstellraum oder so was haben!" Habib klingt wütend, während Silke dem Gespräch mit wachsender Beunruhigung lauscht. „Dann stecken Sie mich halt da rein. Die Dame und ich, wir kennen uns überhaupt nicht. Wir können uns doch kein Zimmer teilen! Lassen Sie mal sehen!"

Er macht Anstalten, sich mit dem Oberkörper auf den Tresen zu legen, um den Bildschirm besser betrachten zu können.

„Es tut mir leid, aber ich habe kein Zimmer!" Auf der Oberlippe des Portiers bilden sich Schweißtropfen. Während er sich bemüht, energisch aufzutreten, betteln seine großen Kinderaugen Habib um Verständnis an. „Ich kann da nichts machen", fügt er mit sich leicht überschlagender Stimme hinzu.

„Tja", sagt Habib, dem allmählich klar wird, dass die Dinge sich wirklich so verhalten, wie der Mann behauptet, „dann ... suche ich mir eben woanders ein Zimmer. Gibt es hier noch ein Hotel im Ort?"

„Nein. Sie könnten es in Apen versuchen, da gibt es ..."

„Ich hab doch kein Auto, *hiyarin oglu*!" schreit Habib. „Soll ich da etwa hinlaufen? Ich bin mit dem *Zug* hier, kapiert?"

„Ich kann doch auch nichts …“, setzt der Portier zu einer hilflosen Verteidigung an. Aber Silke unterbricht ihn.

„Ist doch egal! Wir können uns das Zimmer auch teilen.“

„Aber wir kennen uns doch gar nicht“, wehrt Habib ab. „Ich kann Ihnen doch nicht zumuten …“

„Aber wo wollen Sie denn sonst hin? Sie brauchen doch ein Bett!“

„Egal.“ Er sieht sich im mickrigen Foyer um. An einem Fenster stehen ein kleiner runder Tisch und zwei Sessel mit grünem Kunstlederbezug. „Ich kann mich auch hier hinsetzen und warten.“

„Bis morgen früh? Das ist doch Quatsch! Wir nehmen das Zimmer“, wendet sie sich an den Portier. Sie macht alle nötigen Angaben, die dieser sichtlich erleichtert einträgt, und nimmt den Schlüssel entgegen. „Kommen Sie! Wir kriegen die Nacht schon rum.“ Dann geht sie voraus zu den Treppen. Habib folgt ihr zögernd.

„Ich finde das wirklich nett von Ihnen“, sagt er auf dem Weg nach oben, „aber Sie müssen das nicht tun. Also, wenn Ihnen das unangenehm ist, dann verstehe ich das, dann fällt uns noch irgendwas anderes ein.“

„Ach, hören Sie schon auf.“ Sie bemüht sich, selbstsicher und überzeugend zu klingen. „Das ist doch auch nichts anderes als die Klassenfahrten früher, oder? Ich bitte Sie, wir sind doch erwachsene Menschen.“

„Ja, eben! Aber wenn Sie meinen …“

„Das ist es“, sagt Silke, bleibt vor einer Tür stehen und schließt sie auf. Das Zimmer ist schlicht. Vom winzigen Eingangsbereich geht eine Tür zum Badezimmer. Habib wirft einen Blick hinein, weil er hofft, in der Badewanne schlafen zu können, aber es gibt nur eine Duschkabine. Dann folgt das Zimmer mit zwei Sesseln, einem Schrank und einem Doppelbett. Das ist alles.

„Hübsch“, sagt Silke, stellt die Tasche ab und setzt sich auf das Bett. Habib nimmt auf einem der Sessel Platz. Dann betrachten sie das Zimmer und wissen nicht, was sie sagen sollen.

„Wollen wir uns noch ein wenig unterhalten?“, schlägt sie vor.

„Ja, gut. Ich bin sowieso noch nicht müde.“

„Ich auch nicht“, lügt Silke. Sie ist den ganzen Tag in Turnschuhen unterwegs gewesen. Jetzt zieht sie sie aus und stellt sie in die entlegenste Ecke des Raums. Dann setzt sie sich, diesmal im Schneidersitz, wieder aufs Bett und sieht ihn erwartungsvoll an.

Habib lacht nervös. „Entschuldigen Sie“, sagt er, „ich benehme mich wie ein Idiot.“ Er steht auf, zieht sein Sakko aus und stellt seine Schuhe neben Silkes. Haben Sie Lust auf ein Kartenspiel?“, fragt er sie vom Flur aus.

„Kommt drauf an. Woran dachten Sie denn?“

„*Batak*?“

„Ich dachte schon Strip Poker.“ Sie müssen lachen. „Warum nicht? Ich kenn das aber gar nicht. Bringen Sie es mir bei?“

„Na klar.“ Er greift in die Innentasche des Sakkos. „Ich hab das früher immer mit meinem Großvater gespielt. Ich komm mal zu Ihnen aufs Bett, ja?“ Und als er sich ihr im Schneidersitz gegenübersetzt, fragt er: „Wollen wir ‚Du‘ sagen?“

Nach zwei Stunden haben sie keine Lust mehr. Die Anstrengungen des Tages und die Aufregung fordern ihren Tribut, die Augen werden schwer.

„Ich glaub, ich muss schlafen“, sagt Habib.

„Ich auch. Aber ich genier mich ein bisschen.“

„Ach, jetzt also doch?“

„Na ja, ich hab so einen schrecklichen Liebestöter an …“

Erst versteht er nicht. Dann lacht er aus vollem Hals.

„Menno!“, ruft sie, muss dann aber auch lachen. „Das Programm für den Abend war eigentlich Eis essen und Fernsehen! Woher sollte ich denn wissen, dass der Tag so enden würde?"

„Ist doch nicht schlimm." Er wischt sich eine Träne aus dem Augenwinkel. „Ich hab auch nicht meinen schicksten Slip an."

„Machen wir eigentlich jemanden eifersüchtig?"

„Im Prinzip schon."

„Musst du denn nicht mal anrufen?"

„Sie ist es gewohnt, dass ich lange wegbleibe. Und du?"

„Ich lebe mit einer Katze zusammen. Sie kommt klar."

Sie schweigen. „Ich geh mal ins Bad", sagt sie dann.

„Okay." Er bleibt sitzen und lauscht den Geräuschen von nebenan, dem Plätschern des Urins in der Toilette, dem Rauschen des Wassers und dem Klappern eines Handtuchhalters.

Dann kommt sie zurück. „Du kannst."

Als er wieder das Zimmer betritt, liegt sie bereits im Bett, die Decke bis zum Kinn hochgezogen. Auf dem einen Sessel liegen Jeans, Bluse, Strumpfhose und BH.

Er zieht sich schnell aus und schlüpft ebenfalls unter die Decke. „Schlaf gut", sagt er. Dann löscht er das Licht.

Am nächsten Morgen wird sie von einem Kuss auf ihr Haar geweckt. Erst als sie die Augen öffnet, merkt sie, dass sie mit dem Kopf auf seiner Brust liegt. Hastig zieht sie sich auf ihre Seite des Bettes zurück. Durch die heftige Bewegung wacht er vollends auf.

„Entschuldigung!", murmelt er. „Ich hab Sie verwechselt."

„Mein Fehler. Gut geschlafen?"

„Ja, ganz okay. Und du?"

„Gut. Danke."

Er steht auf und geht ins Bad. Als er zurückkommt, liegt sie noch da und lächelt ihn an. „Hoffen wir mal, dass wir heute nach Hause kommen."

„Ja", sagt er, weiß aber nicht, ob er es wirklich meint.

Ein Bus bringt sie schließlich zusammen mit den anderen Fahrgästen zum nächsten Bahnhof. Im Zug nach Bremen sitzen sie einander gegenüber und betrachten schweigend die von der Sonne beschienene Landschaft. Lediglich die übervollen Bäche und Gräben, die überfluteten Äcker und der eine oder andere umgestürzte Baum erinnern daran, dass gestern beinahe die Welt untergegangen wäre.

Am Hauptbahnhof nehmen sie die Linie 1 nach Huchting und sprechen die ganze Fahrt über kein Wort miteinander. Als sie schließlich am Roland-Center, dem Huchtinger Einkaufzentrum, aussteigen, nimmt er sie kurz in den Arm. „War schön, dich kennenzulernen."

„Ja", sagt sie, „pass auf dich auf."

„Na klar." Er wendet sich ab und geht, ohne sich noch einmal umzuschauen, Richtung Kirchhuchtinger Landstraße.

Silke atmet tief ein. Dann lächelt sie. Heute Abend wird sie Eis essen und ihre Lieblingsserie schauen.

Von der Schwierigkeit, einen Schmetterling fliegen zu lassen

Sadiq entdeckt die Drachen bei ALDI. Sie liegen in den großen stählernen Körben in der Mitte der Filiale, zusammen mit all den anderen Sonder- und Spezialangeboten. Er muss sofort an seine Kindheit denken.

Nicht, dass das früher ein Hobby von ihm gewesen wäre. Im Gegenteil. In seinem ganzen Leben hat er noch keinen einzigen Drachen steigen lassen. Er hat es sich zwar oft gewünscht, aber nie in die Tat umgesetzt. Warum das so ist, weiß er selbst nicht genau. Vielleicht hat es mit einem Erlebnis aus seiner Kindheit zu tun.

Damals, als er mit seinen Eltern und Geschwistern noch als Asylbewerber in Gießen lebte, beobachtete er zusammen mit einem Freund einen größeren Jungen dabei, wie der einen Drachen steigen ließ. Es war ein Adler aus Plastik mit gespreizten Schwingen und einem angriffslustig geöffneten Schnabel. Sadiq bewunderte den großen Jungen, während der seinen Adler hoch über ihnen segeln und dabei die Nylonschnur lässig durch die Hände gleiten ließ.

„An deiner Stelle würde ich die Kurbel festhalten“, sagte sein Freund damals und deutete auf das rote Plastikteil, das sich klappernd auf dem Boden drehte. Der große Junge bedachte den Kommentar nur mit einem spöttischen Blick, bevor er wieder hinauf zum Adler sah.

Dann hörte die rote Kurbel auf, sich zu drehen, und im nächsten Moment segelte der Drachen davon.

„Siehste?“, sagte der Freund. Dann drehten sie sich um und stapften davon.

Sadiq war seine Bewunderung für den großen Jungen auf einmal peinlich. Ganz fest nahm er sich vor, dass ihm so etwas Lächerliches niemals passieren würde, wenn er einmal einen Drachen steigen lassen sollte.

Daran muss er denken, als er bei ALDI die Drachen betrachtet. Und an Denis und Noam, seine beiden Söhne. Er beschließt, dass die Zeit gekommen ist, gemeinsam ihren ersten Drachen steigen zu lassen. Für den siebenjährigen Denis wählt er einen schwarzen aus, auf den ein Totenkopf aufgenäht ist, und der fünfjährige Noam bekommt einen gelben, der aussieht wie ein Schmetterling.

„Kuckt mal, was ich hier habe“, kündigt Sadiq seinen Kauf begeistert an, kaum, dass er die Wohnung im Neuen Damm wieder betreten hat. Er kramt die noch zusammengefalteten Drachen aus den Taschen hervor und präsentiert sie stolz ihren Besitzern. Die Reaktion der beiden kleinen Autisten ist nicht gerade überschwänglich.

„Was ist das?“, piepst Noam. Denis dagegen sieht nur kurz von seiner Digitalkamera auf und fährt dann fort, den Schnappschuss einer Satellitenschüssel, den er neulich gemacht hat, farblich zu verändern.

„Das sind Drachen“, lässt Sadiq sich seinen Enthusiasmus nicht nehmen. „Weißt du, was man damit machen kann?“ Noam schüttelt den Kopf. „Die kann man fliegen lassen! Stark, ne?“

Wenigstens der Kleine hat jetzt Feuer gefangen. „Wollen wir die mal aufbauen?“, fragt er. Er findet alles gut, was man aufbauen kann: Ob es Landschaften aus Holzklötzchen sind, Häuser aus Lego, Rennbahnen aus Papier oder eben Drachen.

„Na klar!", sagt Sadiq. „Willst du mitmachen, Denis?"

„Nein", sagt der Große. Im Gegensatz zu seinem Bruder findet er alles, was mit Bauen zu tun hat, doof.

In Minuten sind die Drachen fertig und spannen ihre imposanten Tragflächen auf. Noam strahlt, und selbst Denis legt bedächtig die Kamera zur Seite und betrachtet interessiert den grinsenden Totenkopf, der auf seinem Drachen prangt.

„Der ist für dich", sagt Sadiq und freut sich darüber, dass es ihm gelungen ist, Denis aus der Reserve zu locken. „Und das", fährt er fort und deutet auf den Schmetterling, „ist deiner, Noam."

„Kann der in mein Zimmer?", fragt Denis in seiner leicht schleppenden Art.

„Ja klar", sagt Sadiq, „aber wir können ihn auch jetzt fliegen lassen. Hast du Lust?"

„Nein", sagt Denis, „der soll in mein Zimmer."

„Äh ja, also ..." Sadiq gibt sich Mühe, nicht allzu irritiert zu wirken. „Aber das ist ein Drachen. Der ist dafür da, dass man ihn fliegen lässt!"

„Nein!", sagt Denis.

„Aber der ist zum Fliegen!", ruft Noam.

„Wenn du ihn nicht haben willst, ist das okay, Denis. Dann behalte ich ihn. Ich hatte noch nie einen Drachen", sagt Sadiq.

„Ich will ihn ja haben!" Denis wird jetzt fast wütend. „Ich will halt nur nicht, dass er fliegt! Und wenn das meiner ist, kann ich das auch bestimmen!"

„Klaro, kein Problem! Ich bring ihn in dein Zimmer. Wir können ihn ja ein anderes Mal fliegen lassen."

„Nein!"

„Okay, okay, okay ...!"

Verdattert klemmt sich Sadiq das federleichte Teil unter den Arm und trägt es in Denis' Zimmer.

„Können wir wenigstens meinen fliegen lassen?" Noams Stimme klingt zaghaft, als befürchte er, Denis' Flugverbot könne auch für seinen Drachen gelten.

„Auf jeden Fall!" Sadiq sieht prüfend aus dem Fenster und findet, dass die Zweige der Bäume ausreichend stark wackeln, um einen kleinen Flugversuch zu unternehmen. „Wir gehen mal nach draußen auf die Wiese. Vielleicht klappt es da ja schon. Kommst du mit, Denis?"

„Nein."

Wenig später stehen Vater und Sohn auf einer der Wiesen zwischen den Häuserblocks und überlegen, wie sie den Schmetterling am besten aufsteigen lassen können. Der Wind weht einigermaßen stark, aber unregelmäßig, und wird außerdem von den Häusern und den umstehenden Bäumen abgehalten.

Die ersten Versuche sind enttäuschend. Sie stehen etwa drei Meter voneinander entfernt. Sadiq hält die grüne Plastikkurbel, während Noam sich den Drachen vor die Brust hebt und vor Spannung zittert. Jedes Mal, wenn Sadiq Noam auffordert, den Drachen loszulassen, steigt er nicht auf, sondern fällt nach ein paar flatterhaften Bewegungen zu Boden.

„Hm, vielleicht geht es, wenn ich höher bin", überlegt Sadiq und blickt dabei zum Spielplatz hinter den Bäumen. „Weiter oben ist bestimmt besserer Wind. Komm mal mit." Entschlossen geht er auf ein Klettergerüst zu. Mühsam kraxelt er daran empor, inständig hoffend, dass gerade niemand aus dem Fenster sieht, stellt sich schwankend auf eine der obersten Sprossen und hält den Drachen in die Höhe. Ohne Erfolg.

„Das bringt nichts", erklärt er dem enttäuschten Noam, „wir müssen das woanders machen."

„Und wo?"

„Wir brauchen eine weite Fläche, wo der Wind gleichmäßig weht", grübelt Sadiq und redet eher mit sich selbst als mit Noam. Dann trifft er einen Entschluss. „Ich weiß, wo wir es versuchen. Und Denis nehmen wir mit."

Obwohl der ältere der beiden Brüder laut protestiert, dass er keine Lust auf Drachensteigen hat, dass es ihm zu kalt ist und dass er lieber Waschmaschinenvideos kucken will, und obwohl selbst Katja Zweifel anmeldet, ob es wirklich eine gute Idee ist, Denis auf das gemeinsame Abenteuer mitzunehmen, bleibt Sadiq dabei, dass Denis erstens mal wieder vor die Tür muss und dass er zweitens schon noch begeistert sein wird, wenn der Drachen endlich fliegen wird.

So kommt es, dass sie schließlich zu dritt aus dem altersschwachen Rover 45 klettern und sich auf dem großen Parkplatz des Roland-Centers eine möglichst leere Fläche suchen, während eine Boeing 737 im Landeanflug über sie hinwegdonnert. Der Wind weht stürmisch und schiebt die nasskalte Luft unter ihre Jacken.

Wenn Denis bisher nur lustlos gewesen ist, so ist er jetzt richtig angefressen. „Papaaaa", ruft er mit einer Mischung aus Verzweiflung und Wut, „wann gehen wir wieder? Papaaaaa..."

Es ist klar, dass sie ein Erfolgserlebnis brauchen, und zwar schnell. Sie haben eine freie Stelle am Rand des Parkplatzes gefunden, an der es eigentlich klappen sollte. Denis steht ein wenig abseits, die Hände in den Taschen, das Kinn in der Jacke vergraben, und beobachtet lustlos die Szene. Noam steht etwa zehn Meter von Sadiq entfernt, die Plastikkurbel in der Hand. Sadiq hält den Schmetterling und brüllt Noam über den Wind hinweg seine Kommentare zu.

„Okay, Noam, du musst jetzt..."

„Waaaas?", quiekt der Kleine zurück.

„Ich sagte, du musst jetzt..."

„Papaaaa", ruft Denis dazwischen, „wann gehen wir endlich?"

„Gleich, Denis! Also Noam: ..."

„Waaas?"

„Du musst jetzt laufen, so schnell du kannst. – Nein, jetzt noch nicht! Erst wenn ich..."

„Papaaa! Ich will nach Hause!"

„Denis, gleich! Komm noch mal zurück, Noam! Erst wenn ich ‚jetzt' sage."

„Papaaaa...!"

„Jetzt halt endlich den Mund, Denis! Wir gehen ja gleich! Jetzt, Noam! Lauf! Lauf! Schneller!"

„Waaaas?"

„Nein, nicht anhalten! Weiterlaufen!"

„Papaaaa..."

„Verdammte Sch...! Kommt mal her, das geht so nicht."

„Warum ist der nicht geflogen?", will Noam wissen, als sie wieder beieinander stehen, und so allmählich scheint er an Sadiqs Fähigkeiten zu zweifeln. Das kann der nicht auf sich sitzen lassen. Sie tauschen deshalb die Rollen, Noam hält den Drachen, Sadiq die Kurbel, und nachdem er das Fluggerät mit einem Ruck aus Noams klammen Fingern gerissen hat, läuft er, was das Zeug hält, über den nassen Asphalt, begleitet von Denis' „Papaaa"-Rufen. Doch es nützt nichts. Der Drachen will einfach nicht aufsteigen.

„Ich hätte nicht gedacht, dass das so schwierig ist", sagt Sadiq einige vergebliche Versuche später, während Noam so aussieht, als würde er gleich weinen. „Ich glaube, wir haben nur noch eine Chance: Wir müssen raus auf die Ochtum-Wiesen und schauen, ob es da noch stürmischer ist."

Noam, der neue Hoffnung schöpft, ist sofort einverstanden. Und Denis muss nicht zweimal gebeten werden, ins Auto zu steigen. Wenig später sind sie wieder unterwegs und fahren über die Kirchhuchtinger Landstraße zum Hohenhorster Weg, den sie ganz bis zum Ende durchfahren.

In der Nähe der alten Flakstellung halten sie an. Die Zweige der umstehenden Buchen werden vom Wind ordentlich durchgerüttelt. Wenn es ihnen hier nicht gelingt, den Drachen steigen zu lassen, dann kann dieses Scheißteil in Wirklichkeit gar nicht fliegen.

Denis weigert sich auszusteigen, und Sadiq versucht auch gar nicht erst, ihn zu überreden. Als sie den Drachen aus dem Kofferraum holen, können sie ihn kaum festhalten. Ein paar Minuten lang wandern sie auf einem Feldweg ins Nichts, vom Sturm umtost. Dann bleiben sie stehen. Und in kürzester Zeit, ohne geheime Drachensteigerkenntnisse oder andere alchemistische Künste, steht der Schmetterling hoch über ihnen im Wind und zerrt an der Leine, als wolle er entkommen, während seine Plastikhaut im Wind fröhlich knattert. Freudestrahlend klammert sich Noam an die Kurbel, überlässt sie erst seinem Vater, als seine Hände vor Kälte schmerzen.

„Hast du das gesehen?“, fragt Sadiq Denis euphorisch, als sie wieder ins Auto steigen.

„Ja“, sagt der. „Kann ich zu Hause Waschmaschinenvideos kucken?“

Nach einigen Wochen verliert Noams Schmetterling an Bedeutung. Doch für Denis' Totenkopfdrachen gilt das nicht. Der nimmt noch immer einen festen Platz in dessen Zimmer ein und darf nicht mehr von dort entfernt werden.

Denn auch wenn er niemals fliegen sollte – er wird trotzdem immer aufrichtig geliebt werden.

Schüsse in der Amsterdamer Straße

Heiner schält vier rote Zwiebeln und hackt sie nicht zu fein. Dann trennt er drei Stangen Sellerie von der Staude ab, wäscht sie unter fließendem Wasser und schneidet sie in kleinste Stückchen.

„Schälst du die gar nicht?“, fragt Monika.

„Nö“, sagt Heiner. „Merkt doch keiner.“

Monika lacht rasselnd. „Also, ich ess’ das nicht.“

„Wär dir sowieso zu scharf.“ Er grinst sie über den schwarzen Rand seiner Brille hinweg an und konzentriert sich wieder auf die Arbeit.

Die *Zichte*, Heiners Kneipe, ist leer. Heute ist Montag. Ruhetag. Nur Monika sitzt in der winzigen Küche hinterm Schankraum auf einem Barhocker, nippt an einem Bier und sieht ihm dabei zu, wie er die Soße für seine beliebten Chili Dogs vorbereitet. Die Hotdogs sind neben den Hawaii-Toasts das Einzige, was Kunden in der *Zichte* zu essen bestellen können. Heiner würde gerne mehr anbieten, aber er kann nicht gleichzeitig kochen und ausschenken.

„Und du machst heute frei?“ fragt er, als er den Wasserkocher füllt und anstellt.

„Jo“, sagt sie. „Monique ist nicht da. Im Moment gibt’s nur Monika.“ Sie steckt sich eine Zigarette an. Das Licht der Flamme wirft Schatten auf ihr Gesicht. Sie sieht müde aus und älter als gewöhnlich. Dennoch sieht man ihr ihre 54 Jahre nicht an.

„Da könnte man doch mal früh ins Bett gehen." Seine Stimme klingt weich, obwohl er lauter reden muss, denn der Wasserkocher macht Lärm.

Sie lächelt. „Ja, mein Schatz. Und zwar alleine."

„Mein' ich doch!" Mit dem kochenden Wasser löst er zwei Rinderbrühwürfel in einem großen Becher auf und fügt gemahlenen schwarzen Pfeffer, ein wenig Kreuzkümmel und eine Prise geräuchertes, scharfes Paprikapulver hinzu. Dann stellt er einen kleinen Topf auf den Herd, erhitzt darin Öl und dünstet Zwiebeln und Sellerie an.

Draußen auf der Kirchhuchtinger Landstraße donnert ein LKW vorbei. Heiner sieht auf die Uhr. Es ist kurz nach zehn. „Ich bring dich gleich noch nach Hause", sagt er.

„*Die* paar Meter schaff ich noch alleine!" Sie lacht wieder.

Er schüttelt den Kopf und macht ein säuerliches Gesicht, während er die Brühe in den Topf gießt und sie aufkochen lässt. „Ich muss sowieso noch mal raus. Ich bin den ganzen Tag nicht vor der Tür gewesen. Du sagst doch immer, ich soll mich mehr bewegen!"

„Das ist was anderes. Wenn du dir selber was Gutes tun willst, bin ich da natürlich für."

Er sieht sie zärtlich an. „Du bist unmöglich." Es knackt und zischt, als er eine Dose Cola öffnet. Heiner nimmt einen kräftigen Schluck. Dann gießt er den Rest in den Topf zu der Brühe und dem Gemüse.

„Mein Gott!", sagt sie. „*Das* ess' ich ganz bestimmt nicht!"

„Du weißt nicht, was gut ist." Er öffnet den Kühlschrank und holt eine kleine Glasflasche heraus, die die Form eines Flachmannes hat und eine dickflüssige, dunkelrot-braune Paste enthält. Verschlossen ist sie mit einem Totenkopf aus Gummi. ‚Painmaker' steht auf dem Etikett. ‚Schärfe 10, BBQ-Würzsoße, nicht unverdünnt verzehren'. Aus einer Schublade holt er ein Essstäbchen aus Holz. Er schnauft ein wenig, als er den Sicherheitsverschluss der Gewürzsoßenflasche öffnet. Beim zweiten Versuch klappt es. Vorsichtig taucht er das Stäbchen in die Flasche. Als er es wieder herauszieht, ist die untere Spitze mit der Soße bedeckt. Die winzige Menge rührt er in das Brühe-Cola-Gemisch, das auf dem Herd schaumig blubbert. Heiner taucht einen Teelöffel hinein, hebt ihn an die Lippen und schlürft. „Au ja", sagt er und verzieht das Gesicht, „das ist gut." Zwei Tuben Tomatenmark liegen schon bereit. Er öffnet sie und entleert sie in den Topf. Der Sud färbt sich rot, wird dickflüssiger und flappt größere und trägere Blasen.

„So. Das muss jetzt reduzieren, und dann war's das. Noch n Bier?" Auch Heiner steckt sich eine Zigarette an, holt zwei Flaschen Haake Beck aus dem Kühlschrank und reicht ihr eine davon, noch bevor sie geantwortet hat. „Lass mal reingehn", sagt er, und sie folgt ihm wortlos in die Schankstube.

Er stützt seine Ellenbogen auf den Tresen und nimmt ganz unwillkürlich seine gewöhnliche Arbeitshaltung ein. Monika setzt sich ihm gegenüber auf einen der Barhocker und sieht hinaus auf die von Straßenlaternen beleuchtete, jetzt nur noch spärlich befahrene Straße. Sie nippen an ihren Bieren und sagen nichts. Der Rauch der Zigaretten vermischt sich mit dem Geruch der köchelnden Hotdogsoße. Sie können sie leise blubbern hören.

„Woll'n wir gleich noch mal nach oben?", fragt er und meint damit seine Wohnung, die über der Kneipe liegt.

Sie stöhnt. „Och Heini! Ich hab doch gesagt, ich hab frei!" Sie sieht ihn bedauernd an. „Nee, Schätzchen, heute nich mehr."

Heiner hebt die Hände, als würde er sich ergeben, und zieht die Augenbrauen nach oben. „Is gut, Moni. Ich hab ja nur gefragt. Hätt' ja sein können."

Sie seufzt. „Manchmal denk ich, ihr Jungs wollt immer nur das eine von mir. Ich sollte mir meine Kunden woanders suchen, weißte? Echt jetzt."

Er sieht sie prüfend an. „Geht's dir nicht so gut? Du siehst müde aus."

Sie winkt ab. „Mach dir um mich mal keine Sorgen. Ich schlaf grad irgendwie nicht so gut. Weiß auch nicht, warum."

Er trinkt einen Schluck und stellt die Flasche hin. „Muss mal die Soße vom Feuer nehmen." Er verschwindet in der Küche. Sie hört, wie er umrührt und den Löffel leicht an den Rand des Topfes schlägt. Dann ist er wieder da.

„Aber sonst ist nichts, oder? Keine Probleme oder so?"

„Ach, na ja. Hilde hat neulich so was Doofes gesagt."

„Wer?"

„Hilde. Hildegard. Prinz. Kennste doch!"

„Nee."

„Doch, 'türlich! Meine Nachbarin. Die arbeitet im Roland-Center, in dem Kurzwarenladen."

Heiner hebt die Schultern.

„Is ja auch egal. Jedenfalls die Hilde sagt neulich zu mir: Was macht eigentlich dein Sohn, der meldet sich ja wohl auch nicht mehr? Ich sach: Was soll er sich denn dauernd melden, der ist ja wohl erwachsen, der hat sein eigenes Leben, oder nicht? Ja, sie meint ja bloß und so weiter und so fort. Aber das hat mich schon auch ein bisschen getroffen, weil irgendwie hat sie ja auch recht, er könnte sich wirklich öfters mal melden, weißte?"

Er nickt und trinkt.

„Aber irgendwie macht ihr das nicht, oder? Ihr kommt immer nur, wenn ihr was braucht."

„Hm", macht er und zündet sich noch eine an. „Isser denn nicht neulich mal da gewesen? Hast du doch erzählt..."

„Ach, das ist doch jetzt auch schon wieder ein halbes Jahr her. Da war er mit seiner Freundin da gewesen. Und später noch mal mit der Band. Ham in der Lila Eule gespielt. Machst du eigentlich auch noch Musik?“

„Manchmal. Mit Charly und seinen Jungs. Das letzte Mal ist aber auch schon wieder ne Weile her.“ Er sieht auf seine Armbanduhr. Es ist kurz nach halb elf. „Wie isses, soll ich dich mal nach Hause bringen?“

Sie muss trotz ihrer Müdigkeit lachen. „Nee, sollst du nicht. Aber wenn du unbedingt willst, kannst du mitkommen.“ Sie steht vom Barhocker auf, greift nach ihrem Mantel und zieht ihn an.

Heiner setzt eine dunkelblaue Elbsegler-Schiffermütze auf und zieht einen Bundeswehrparka an. Dann löscht er die Lichter und hält Monika die Tür auf.

„O, wie galant!“, sagt sie und tritt nach draußen.

Während er die Eingangstür abschließt, blickt sie die Kirchhuchtinger Landstraße hinab, dahin, wo die Hermannsburg abbiegt. Die Ampel davor ist schon abgeschaltet und blinkt gelb, ihr Licht verteilt sich weit im milchigen Dunst der feucht-kalten Nacht.

„Ich mag Huchting“, sagt sie.

Nebeneinander steigen sie die wenigen flachen Stufen zur Straße hinab und wenden sich nach rechts. Monika hakt sich bei Heiner ein.

„Ja?“, sagt er. „Willst du nicht nochmal irgendwo leben, wo's ein bisschen schöner ist?“

„Was ist denn noch schöner als Huchting? Delmenhorst vielleicht?“ Sie wirft den Kopf zurück und lacht.

„Wieso nicht?“, sagt Heiner, muss aber grinsen. „Delmenhorst macht sich. Immer mehr junge Familien ziehen da hin. Und bei allem, was hier so passiert...“

Sie haben die Fußgängerampel erreicht und überqueren die Straße bei Rot, weil kein Auto in Sicht ist.

„Hier passiert doch nix", sagt Monika. „Und wenn dann doch mal einer beim Drogenverkaufen erwischt wird, dann steht das gleich in der BILD-Zeitung, und alle sagen wieder ‚Typisch Huchting!' Dabei passiert so was überall."

„Und die Messerstecherei neulich, gegenüber von der Shisha-Bar? Konnte ich mir live und in Farbe ankucken. Musste ich nur einmal kurz vor die Tür gehen."

„Das hat doch nichts mit Huchting zu tun! Es tragen halt mehr Leute ein Messer mit sich rum ..."

„Du meinst Ausländer ..."

„Was weiß ich, wer. Ausländer, Deutsche. Ist mir doch egal! – Aber kuck dir das doch mal an, hier ..." Sie sind den Fußgängerweg entlang des Autohauses gegangen und erreichen jetzt die Amsterdamer Straße. „Früher hat man hierzu immer nur ‚das Ghetto' gesagt. Weißte noch? Und jetzt? Kuck doch mal, wie schön das jetzt hier aussieht. Grünflächen, Häuser – ist doch hübsch! Da vorne haben sie meinen Timmy mal so richtig fertiggemacht. Weiß ich noch wie heute. Aber so was passiert hier eigentlich nicht mehr. Die spielen doch alle nur noch Playstation."

„Was ist da denn los?", sagt Heiner.

Weiter vorn, da, wo die Utrechter auf die Amsterdamer Straße trifft, sind Männerstimmen zu hören. Eine ruft etwas. Dann schreien mindestens vier oder fünf Männer laut durcheinander.

„Mein Gott", sagt Monika. „Können die nicht zu Hause feiern? Manche Leute müssen morgen früh raus!"

„Die feiern nicht. Das ist ne Keilerei!"

Jetzt können sie sie sehen. Es sind insgesamt sechs, alle etwa zwischen dreißig und vierzig Jahre alt: Vier von ihnen haben zwei andere umringt und fangen an, sie herumzuschubsen und zu schlagen. Die zwei Angegriffenen brechen aus dem Kreis aus und rennen auf der Amsterdamer Straße in die entgegengesetzte Richtung davon. Sofort setzen die anderen ihnen nach.

Es knallt. Auch ohne das Mündungsfeuer gesehen zu haben, weiß Heiner als alter Soldat sofort, dass das der Schuss einer Pistole gewesen sein muss. Ohne ein weiteres Wort packt er Monika an der Schulter, geht in die Hocke und zieht sie zu sich herab hinter einen parkenden Twingo. Er hat gerade noch sehen können, wie direkt im Anschluss an den Knall einer der Fliehenden gestrauchelt, aber nicht hingefallen, sondern weitergerannt ist.

Wieder hallt ein Schuss, gerade als Heiner sein Handy hervorholt und Eins Eins Null wählt. Der Knall wird von den Wänden der Wohnblocks zurückgeworfen. Eine männliche Stimme schreit vor Schmerz auf.

Heiner erhebt sich halb aus der Hocke und sieht, dass drei Männer immer wieder auf eine auf dem Asphalt liegende Gestalt einschlagen. Es ist der dickere der beiden Attackierten. Entweder hat ihn eine Kugel getroffen, oder er ist zu langsam gewesen und von den anderen eingeholt worden. Der zweite ist nicht mehr zu sehen. Und auch der vierte Angreifer fehlt.

„Hallo?", spricht Heiner ins Handy. „Ich möchte einen Vorfall in der Amsterdamer Straße melden. Hier wird geschossen!"

Neue Stimmen sind zu hören. Eine Frau und ein Mann, beide um die dreißig, tauchen aus der Utrechter Straße auf und versuchen, dem Dicken zu helfen. Sie werden mit Schlägen traktiert und weichen schreiend zurück.

„Was? – Kulms. Ich heiße Kulms. Ka, U, El, Em, Es. Aber das ist doch scheißegal! Haben Sie nicht gehört, was ich sage? Hier fallen Schüsse!"

Hinter den Blocks in Richtung der Kirchhuchtinger Landstraße ertönt ein weiterer Schuss. Dann noch einer. Und dann –

endlich! – hört Heiner das an- und abschwellende Geräusch mehrerer Martinshörner, die sich nähern.

„Hat sich erledigt", sagt er. „Wie ich höre, sind Sie im Anmarsch." Er legt auf, ohne sich zu verabschieden.

Die drei Schläger lassen von ihrem Opfer ab und rennen in die Richtung, in die auch der zweite Angegriffene und der Schütze verschwunden sind.

Ein Polizeiauto und ein Mannschaftswagen des SEK rasen mit blinkendem Blaulicht und gellenden Sirenen von der Hermannsburg in die Amsterdamer Straße und bleiben mit quietschenden Reifen kurz vor dem noch immer am Boden liegenden Mann stehen. Monika und Heiner haben sich inzwischen aufgerichtet und sehen Polizisten in Uniform und Kampfmontur aus den Autos springen und sich formieren.

„Ob ich heute noch nach Hause komme?", sagt Monika.

„Klar. Aber erst wenn du ihnen alles erzählt hast, was du gesehen hast."

„Hab doch nix gesehen. Du hast mich doch runtergedrückt."

„Sei doch froh. Dann kommste schneller nach Hause."

Als sie eine Stunde später Monikas Wohnung in der Utrechter Straße erreichen, holt sie als Allererstes den Cognac aus der Vitrine. Dann lässt sie sich stöhnend neben Heiner auf die Couch fallen, steckt sich an dem von ihm bereitgehaltenen Feuerzeug eine Kippe an und füllt die Gläser randvoll. Sie nicken sich beinahe zärtlich zu und werfen die Köpfe zurück.

„Noch einen", sagt Heiner.

Später, zum Abschied, nimmt er sie kräftig in den Arm.

„Willste bleiben?", fragt sie.

„Nee, lass ma. Ich schlaf besser, wenn ich zu Hause bin. Du auch."

„Pass auf dich auf." Er kann hören, dass sie es nicht nur so dahinsagt.

„Selber." Er zieht die Wohnungstür hinter sich zu und steckt sich noch im Treppenhaus eine weitere Zigarette an. Dann tritt er hinaus auf die Straße und macht sich auf den Heimweg. Heute Abend wird wohl nichts mehr passieren.

Die Frau von gegenüber

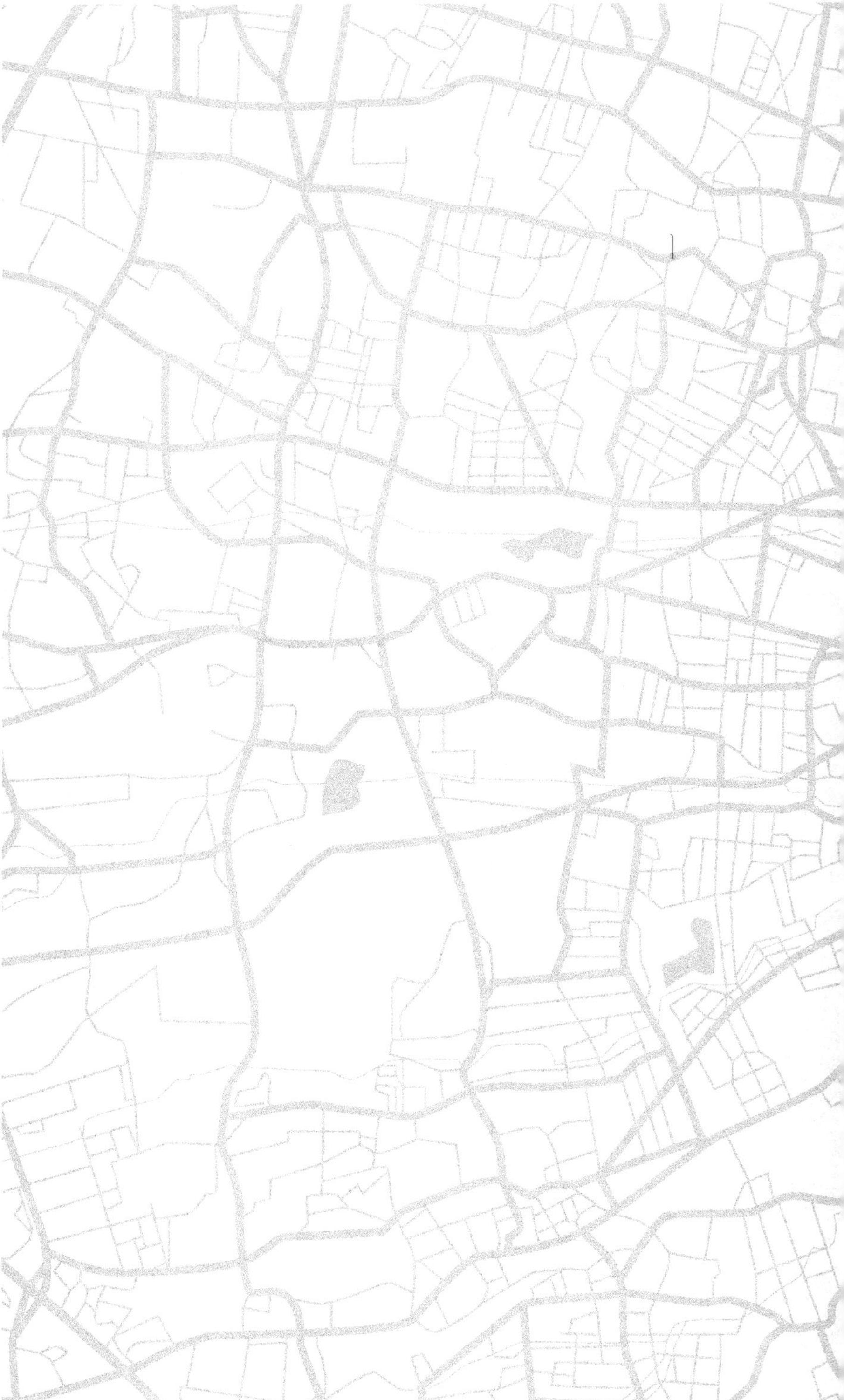

Er weiß, dass sie Karmen heißt. Und er hat sich schon gestern beim Schlafengehen auf sie gefreut. Jetzt sitzt er mit einem Becher Kaffee und einem mit Käse belegten Schwarzbrot im Halbdunkel der Küche und sieht hinüber zu ihrem Fenster. Es ist zwanzig vor sechs. Das rötlich-goldene Licht der aufgehenden Sonne zieht sich über den klaren Himmel. Heute wird es warm werden.

Noch tut sich hinter den unverhangenen Scheiben des gegenüberliegenden Hauses nichts. Schemenhaft erkennt er ihre Gestalt. Sie liegt mit dem Gesicht zur Wand im Bett, die Decke bis zu den Ohren hochgezogen. Er blickt auf die Uhr. Sie wird doch nicht etwa verschlafen? Nein, jetzt scheint ihr Wecker zu klingeln. Sie regt sich, ein schlanker weißer Arm kommt zum Vorschein und tastet auf dem Tischchen am Kopfende des Bettes umher.

Arno entdeckt ihr verstrubbeltes rötliches Haar. Sie wird noch einige Minuten liegen bleiben und sich sammeln, sich dann ruckartig aufrichten, die Decke von sich werfen und von der recht hohen Bettkante springen. Das ist sein Lieblingsmoment, auf den freut er sich besonders.

Es ist so weit. Ihre weißen Beine schwingen über die Bettkannte. Sie macht einen kleinen Satz und bleibt aufrecht stehen. Gebannt blickt er hinüber. Sogar das Kauen hat er für den Moment vergessen. Seine Augen ruhen unverwandt auf ihrem Körper. Karmen ist vollkommen nackt.

Arno hat das selbstverständlich gewusst. Sie schläft immer nackt, sogar im Winter. Das ist eine dieser Besonderheiten, die er an ihr so mag. Eine andere ist, dass sie grundsätzlich weder Vorhänge noch Gardinen besitzt. Alle Fenster ihrer kleinen Wohnung in der Kirchhuchtinger Landstraße sind so nackt wie sie selbst, wenn sie schläft, und gewähren ungehinderten Einblick.

Er kann sich noch gut an den Morgen erinnern, als er sie das erste Mal entdeckte. Ganz zufällig sah er während des Frühstücks zu ihrem Fenster hinüber und verschluckte sich beinahe am Kaffee, als plötzlich eine unbekleidete Frau aus dem Bett hüpfte. Als Junggeselle mittleren Alters, der kaum Aussichten darauf hat, in nächster Zeit mit einer Frau zusammen zu sein, war der Moment für ihn Schock und Gottesgeschenk zugleich. Seit diesem Tag freut er sich am Abend immer schon auf den nächsten Morgen.

Karmen bleibt aufrecht vor dem Bett stehen. Dann streicht sie sich, wie nach jedem Aufstehen, mit energischen Bewegungen über den Körper, als würde sie Wasser abstreifen, zuerst die Arme, dann Ober- und Unterschenkel. Am Ende beugt sie den Kopf nach vorne, lässt die Arme herabhängen und schüttelt den Oberkörper, sodass die kleinen Brüste heftig wippen. Anschließend verlässt sie das Zimmer, um etwa zehn Minuten später mit nassen Haaren zurückzukehren und sich anzukleiden.

Während sie sich an einer kleinen Anrichte ihr Frühstück bereitet, stellt Arno den Becher auf den Teller, geht hinüber zur Spüle und stellt das Geschirr hinein. Er muss zur Arbeit. Auch Karmen wird gleich ihre Wohnung verlassen und erst am späten Nachmittag zurückkehren.

Dass er ihren Namen kennt, liegt an seinem Job. Er trägt Briefe aus, schon seit vierzehn Jahren. Niemand, der den vierschrötigen

Mann auf seinem lärmenden Motorroller sieht, ahnt, dass er einen Abschluss in Psychologie gemacht hat.

Sein Gesicht scheint sich dem flachen visierlosen Helm angepasst zu haben, wenn er die Augen gegen den Fahrtwind zusammenkneift, das kantige Kinn nach vorne reckt und von Hauseingang zu Hauseingang knattert, um abzusteigen, zu den Briefkästen zu eilen, wieder auf den Sitz zu springen und Gas zu geben. Seine Wangen haben eine rötlich-braune Farbe angenommen, gegerbt von Sonne, Regen und Wind. Lächeln sieht man ihn nie. Grüßt ihn jemand, nickt er einmal ausdruckslos zurück, sodass der Helm wackelt, und fährt dann weiter.

Das ist sein Leben. Er hat es sich nicht ausgesucht. Es ist zu ihm gekommen. Noch bevor er seinen Studienabschluss überhaupt in der Tasche hatte, hat er schon gewusst, dass der ihm nicht viel nützen würde. Seine Ausbildung finanzierte er sich, indem er für ein privates Unternehmen Briefe austrug. Und dabei ist es letztlich geblieben.

Auf der Arbeit nennen sie ihn seit Jahren ‚Herr Doktor', obwohl er nur ein Diplom hat. Von seinem spärlichen Gehalt kann er sich gerade mal die Wohnung leisten. Verreisen ist nicht drin. Eine Familie hat er nicht. Und der Freundeskreis ist überschaubar.

Mittwochs spielt er Skat in der *Zichte*. Samstags geht er ins Weser-Stadion. Und sonntags bleibt er im Bett und liest Fantasy-Romane. Sein Sexualleben beschränkt sich darauf, dass er ein Pornomagazin abonniert hat und sich jeden Tag nach der Arbeit unter der Dusche einen runterholt.

Er hat keine Ahnung, warum Karmen immer nackt schläft und auf Vorhänge an den Fenstern verzichtet und was sie sich morgens aus dem Körper streicht und schüttelt. Er vermutet, dass das einen religiösen oder spirituellen Hintergrund hat. Mindestens einmal im Monat kann er sie nämlich bei einem anderen

Ritual beobachten: Sie geht dann mit einem rauchenden Gefäß durch die Wohnung und lässt es besonders ausgiebig über ihrem Bett kreisen.

Möglicherweise glaubt sie an Geister oder Energien und versucht so, alles Böse aus sich und der Wohnung zu vertreiben. Das wundert Arno überhaupt nicht. Er selbst ist zwar kein gläubiger Mensch, ist aber katholisch aufgewachsen, daher kennt er ähnliche Praktiken aus der Kirche, die ja schließlich auch alles Mögliche mit Rauch einnebelt.

Anfangs hat sich Arno wie ein Spanner gefühlt. Klar: Er sieht sich gerne Bilder von nackten Frauen an. Was ist schon dabei? Aber es ist ja wohl etwas völlig anderes, Bilder in Magazinen anzuschauen, als seine Nachbarin zu beobachten. Models wollen ja betrachtet werden. Karmen dagegen weiß von seinen Blicken nichts.

Trotzdem kann er damit nicht aufhören. Auch für ihn ist es mittlerweile zu einem Ritual geworden: Er schaut bei dem ihren zu. Er fühlt sich eigentlich auch gar nicht als Beobachter, sondern eher als Begleiter. Er begleitet sie hinein in ihren Tag. Und nebenbei freut er sich über ihren schönen Körper. Da ist doch nichts dabei, sagt er sich immer wieder, um sein Gewissen zu beruhigen.

Es ist kurz nach vier, als Arno in der Geschäftsstelle in der Duckwitzstraße endlich seinen Overall auszieht, ihn samt Helm an einen Haken hängt und Feierabend macht. Er wird auf dem Nachhauseweg noch bei ALDI vorbeischauen, um sich etwas zu essen zu kaufen, und sich dann für den Rest des Abends vor den Fernseher setzen.

Im Discounter kennt er sich bestens aus. Ohne lange suchen zu müssen, findet er das Regal mit den Konserven, lässt die Dose

Linseneintopf in den Einkaufswagen fallen, nimmt schon wieder Kurs auf die haltbaren Fleischwaren, um ein Päckchen Mettenden aus dem Karton zu angeln, und wendet sich dann der Kasse zu. Gerade will er sich routiniert als letzte Beigabe zum abendlichen Menü ein Sixpack Bier in Plastikflaschen greifen, da bleibt er stocksteif stehen, seine Hand verharrt in der Bewegung. In der Schlange vor Kasse zwei steht Karmen.

Obwohl er sie nur von hinten sieht, ist er sich sicher, dass sie es ist. Ihr lockiges rötliches Haar, das ihr nicht ganz bis zu den Schultern reicht, ihr schlanker Körper und – wenn sie zur Seite blickt, sieht er sie – die Brille auf ihrer schmalen, leicht gebogenen Nase, das ist alles unverkennbar sie.

Sein Herz klopft wild. Was soll er tun? Eigentlich hat er nichts zu befürchten. Arno ist sich sicher, dass Karmen ihn noch nie bemerkt hat. Wahrscheinlich weiß sie noch nicht einmal, dass er überhaupt existiert. Für sie ist er einfach nur ein weiterer Kunde in einem Supermarkt.

Trotzdem befürchtet er, dass sie seine Aufregung spüren kann, wenn er sich ihr nähert. Verdammt, seine Beine zittern ja! Schweiß ist unter seinen Achseln ausgebrochen. Ganz sicher ist er knallrot im Gesicht. Das kann doch gar nicht verborgen bleiben!

Was, wenn er auf sie zugeht und sie sich zufällig umdreht, wenn sich ihre Blicke begegnen – was dann? Wird sie nicht sofort Bescheid wissen? Wird sie nicht irgendwie merken, dass sie ihm etwas bedeutet?

Was bedeutet sie ihm eigentlich? Eigentlich nichts. Bis auf die Tatsache, dass sie der Grund ist, warum er sich jeden Abend schon auf den nächsten Morgen freut.

Und was, wenn sie ihn an- und dann wieder wegsieht? Was, wenn sie einfach davongeht, ohne ihn überhaupt zur Kenntnis genommen zu haben, weil er nicht den Mumm gehabt hat, sie anzusprechen?

Sie anzusprechen? Mein Gott! Bloß das nicht!!!

Ihm wird klar, dass er nicht so stehen bleiben kann – wie festgenagelt, mit offenem Mund, eine Hand über den Bierflaschen schwebend. Deshalb gibt er sich einen Ruck, legt das Sixpack in den Wagen und nähert sich zaghaft der Kasse.

Karmen legt gerade ihre Waren auf das Förderband. Sie tut das mit großer Gewissenhaftigkeit und sieht dabei nicht auf. Dann muss sie die Sachen von der ungeduldigen Kassiererin wieder entgegennehmen und verstaut sie eilig und mehr schlecht als recht im Einkaufswagen, während vom Band immer neue Dinge nachgeschoben werden.

Bei Arno geht alles viel schneller. Er hat ja nur wenige Dinge zu bezahlen und das Geld bereits passend abgezählt in der Hand. Deshalb taucht er neben Karmen auf, als sie noch damit beschäftigt ist, den Einkauf nach einem nur ihr bekannten System in Taschen zu verpacken.

Nein, denkt Arno und wendet sich ab, nein, er kann sie nicht ansprechen. Er wird sich einfach darüber freuen, dass sie sich mal begegnet sind, und nach ihr Ausschau halten, wenn er das nächste Mal hier einkauft.

Die automatische Schiebetür öffnet sich. Arno verlässt den Laden. Hinter sich hört er die ratternden Räder eines Einkaufswagens.

„Entschuldigung?“, sagt eine weibliche Stimme.

Es durchfährt ihn heiß. Er dreht sich um und sieht sich Karmen gegenüber. Ihre Augen sind olivgrün und blicken ihn ernst und fragend durch eine Brille an, deren rötlich-braunes Gestell gut zu ihrem Haar passt.

„Darf ich Sie mal was fragen?“

„J…, ja bitte?“, würgt Arno hervor.

„Sagen Sie mal, kann das sein, dass Sie mich beobachten?“

„Wie…, Wie meinen Sie das?“, bringt er es fertig zu stammeln.

„Vielleicht irre ich mich ja, aber sind Sie nicht der Nachbar, der mir morgens immer beim Aufstehen zusieht?“

„Ich… – Ja!“, antwortet Arno zu seiner eigenen Überraschung. Was nützt es zu leugnen, wenn sie es ohnehin weiß? „Entschuldigung“, fügt er hinzu.

Sie mustert ihn. Ihr Blick ist sachlich, aber nicht unfreundlich, fast sogar ein wenig neugierig. „Warum machen Sie das?“, will sie dann wissen.

„Ich… ich weiß nicht.“ Er holt tief Luft. „Am Anfang haben Sie mir einfach gefallen. Und jetzt… jetzt freue ich mich immer schon auf Sie.“

„Und holen sich dann einen runter?“

„Nein!“ Er ist entsetzt. „Nein, das tu ich nicht! Ehrlich!“

Sie lässt ihren ernsten Blick auf ihm ruhen, dann entspannt sich ihre Miene und sie lächelt. „Na ja“, sagt sie dann, „hat mich nur mal interessiert.“

Er atmet auf. „Darf ich Sie auch mal was fragen?“

Karmen nickt.

„Warum haben Sie keine Vorhänge?“

Ihr Ausdruck wird ernst. „Also, das geht sie nun wirklich nichts an!“

„Entschuldigung“, murmelt Arno, „natürlich nicht.“

Sie scheint seine Entschuldigung zu akzeptieren. „Tja“, sagt sie, „ich geh dann mal. Tschüss, bis morgen.“ Damit wendet sie sich ab.

„Bis m…? – Ach so, bis morgen!“, ruft er ihr nach und beobachtet verdattert, wie sie ihre Taschen in ein kleines rotes Auto lädt, einsteigt und davonfährt. Dann macht auch er sich auf den Heimweg.

Am nächsten Morgen um zwanzig vor sechs sitzt Arno am Küchentisch, vor sich einen Becher dampfenden Kaffees und einen Teller, auf dem eine Schwarzbrotschnitte mit Käse liegt.

Gegenüber regt sich etwas. Ein schlanker weißer Arm tastet auf dem kleinen Tisch am Kopfende des Bettes umher. Minuten später wird die Decke zurückgeschlagen, Karmen schwingt die Beine über die Kante und hüpft heraus.

Verschlafen bleibt sie einen kurzen Moment stehen, winkt ihm dann zu und beginnt ihr morgendliches Ritual. Arno winkt zurück. Dann blickt er hoch zum Himmel. Möglicherweise wird es heute regnen.

Der Sektenpriester

Martin stellt den letzten Kasten Bier auf dem Boden des Kellers ab und richtet sich mühsam auf. Das Sommerfest in der Heiligenroder Straße ist wunderschön gewesen. Ein voller Erfolg, sagen alle, nächstes Jahr machen wir das wieder. Aber seine Laune ist trotzdem mies. Für jedes Bier, das seine Frau Sonja und er in ihrem kleinen Reihenhausgarten verkauft haben, hat er selbst eins getrunken. So kommt es ihm zumindest vor. Jetzt ist es kurz nach Mitternacht, und er sollte eigentlich noch ne Stunde fernsehen und dann ins Bett. Aber er ist einfach zu aufgewühlt.

„Ich geh noch inne *Zichte*", sagt er.

Sonja guckt ihn zweifelnd an. „Findest du echt, dass das ne gute Idee ist? Wir sollten schlafen gehen, Maddin, du bist doch bestimmt todmüde, oder nich?"

„Nur ganz kurz. Heiner macht sowieso um zwei zu. Nur noch n Absacker. Und dann komm ich zu dir."

„Nee, dann kannste auch gleich im Wohnzimmer schlafen. Na, mach ma. Bist ja schon groß." Sie wendet sich ab und geht die Treppe nach oben.

Martin dreht an dem Schalter und löscht das Licht. Dann geht er durch die noch offene Kellertür, die zum Garten führt, schließt sie hinter sich ab, steigt die Treppe nach oben und geht über die kleine Rasenfläche zum Gartentor. Ein Stichweg führt zur Heiligenroder Straße.

Vorhin sind hier noch Gelächter und Musik zu hören gewesen. Überall am Straßenrand haben Nachbarn kleine Stände aufgebaut und Getränke und Snacks zum Selbstkostenpreis verkauft oder wie die Kuschinskys ihre Gärten geöffnet. Es ist ein fröhliches Fest der Begegnungen und der Nachbarschaft gewesen. Martin hat sogar Leute kennengelernt, die er bisher nur vom Sehen gekannt hat. Aber all das kann seine schlechte Laune nicht bessern. Im Gegenteil, je mehr er darüber nachdenkt, was für ein Erfolg dieses Fest gewesen ist, desto wütender wird er.

Maike und Neele hätten da sein *müssen*! Sonja und er hätten sich überhaupt nicht auf eine Diskussion einlassen dürfen. Da hätte eine klare Ansage gereicht: Nein, ihr fahrt nicht weg! Schon gar nicht mit der Kirche. Ihr bleibt hier und helft mit. Basta!

Sonja ist einfach zu weich. Sie hat sich viel zu schnell überreden lassen. Und dann ist er wieder alleine gegen die drei Frauen gewesen und es hat so geendet wie immer. Wenn die Mädchen sich einig sind, dann ist Sonja ruckzuck auf ihrer Seite, und dann hat er sowieso keine Chance.

Und dann auch noch mit der Kirche! Wenn's wenigstens der Sportverein gewesen wäre oder die Schule. Aber nein: Die Kirche! Von ihm haben sie das nicht! Er hat ne gläubige Mutter gehabt, und das hat seinen Bedarf an Religion gedeckt, und zwar bis ans Lebensende. Sonja hat zum Glück auch nichts mit Gott am Hut. Deshalb ist er sich sicher gewesen: Mit dem Tod der Mutter ist das Kapitel abgeschlossen. Und dann passiert das mit diesem scheiß Schüleraustausch in die USA.

Mann, hat er sich für Maike gefreut! Riesengelegenheit! Hat er nie gehabt so was. In dem Alter hat er schon längst beim Bremer Vulkan malocht. Natürlich war er sofort dafür! USA, aber hallo, na klar, jede Gelegenheit nutzen, ist doch logo! Und dann kommt sie so verändert zurück. So ganz anders. Sie hat Jesus kennengelernt und sie ist jetzt wiedergeboren und etzetterapipapo.

Martin hat die Kirchhuchtinger Landstraße erreicht und überquert sie, ohne nach rechts und links zu schauen. Es ist kaum ein Auto unterwegs. Der Gedanke an Maikes Veränderung berührt ihn schmerzlich. Tränen wollen ihm in die Augen steigen. Er verhindert das, indem er seinen Dreitagebart reibt, hustet und ausspuckt. Es sind nur noch ein paar Meter. Er kann jetzt nicht anfangen zu heulen.

Wenn's wenigstens ne normale Kirche wäre, so mit fünfzehn Omas im Gottesdienst, hin und wieder ein bisschen „Danke für diesen guten Morgen" und samstags ne Trauung. Okay, damit käme er klar. Tut ja keinem weh. Aber das da ist was völlig anderes. Da gehen morgen wieder dreihundert, vierhundert Leute hin. Und dann nicht Orgel oder so, sondern Schlagzeug, E-Gitarre, Rambazamba! Das soll ne Landeskirche sein? Ne Sekte ist das! Haben die nicht so was wie n Sektenbeauftragten in der Kirche? Was sagt der eigentlich dazu?

Martin hat die flachen Stufen erreicht, die zur Kneipe führen. Er merkt jetzt doch, dass er über den Tag ganz schön viel getrunken hat, aber er verdrängt den Gedanken. Er braucht das jetzt! Er kann eh noch nicht schlafen. Als er die Tür öffnet, schlägt ihm Bierdunst, Zigarettenrauch und Gelächter entgegen.

Linker Hand, an dem Tisch unter der Lampe, die eigentlich ein Schiffssteuerrad ist, sitzen Elli und Thida und unterhalten sich. Rechts am Tresen sitzen Arno, Sönke, Charly und Dündar, dahinter steht Heiner. Und ganz rechts am Fenster zur Straße sitzt ein Typ, den Martin hier manchmal gesehen hat, aber dessen Name ihm gerade nicht einfällt. Er mag um die dreißig sein, hat einen drahtigen Körper, kurzgeschorenes Haar und erzählt irgendwas. Die Männer hören ihm wie gebannt zu, ausgenommen Heiner, der sich am Zapfhahn zu schaffen macht, und Dündar, der wie immer etwas abseits sitzt, stumm sein Bier trinkt und hin und wieder lächelt.

Zwischen ihm und Charly ist ein Hocker frei. Martin wuchtet seinen stämmigen Körper darauf. „Moin“, sagt er. „Machst du mir mal eins, Heiner?“

„In Arbeit, seit du hier reingekommen bist“, sagt der.

„... jedenfalls ist klar“, sagt der am Fenster, „dass das Dorfschläger sind, das siehst du gleich. So, wie die auf dich zukommen, wollen die Stress und sonst gar nichts. Ich hab das erst gar nicht so richtig mitgekriegt, aber der eine von denen, so n ganz dünner Typ, der geht direkt auf Günni zu und klatscht dem eine, und Günni ist einsneunzig und hundert Kilo schwer“, er lacht kurz und trinkt einen Schluck Bier. Die Männer lauschen, Arno guckt ernst, Sönke lächelt abwesend. „Ich mein, das ist so ein Brocken. Aber glaubst du, das überlegt der sich mal vorher? Nö, der geht einfach zu dem hin und haut dem eine rein, ohne Grund. Ja gut, und dann war natürlich was los, ist ja klar. Günni hat das fast gar nicht gemerkt, der dreht sich um, haut zurück, und der Typ sitzt auf dem Boden. Und dann seh ich schon, wie seine anderen Heiopeis auf uns zukommen, und ich sach zu den Jungs: ‚Handschuhe raus, es geht los!‘“

„Danke“, sagt Martin, als Heiner das Pils vor ihn hinstellt. „Wer is n das nochmal?“

„Franco. Freund von Sönke. Kommt hier manchmal vorbei.“

Sie haben leise gesprochen, aber Franco hat es trotzdem gehört. „Hi“, sagt er zu Martin, „ich bin Franco. Ich erzähl grad von meinem Job gestern in Weyhe. Ich bin Türsteher.“

„Siehst gar nicht so aus“, sagt Martin und nimmt einen Schluck.

„Ich wüsste gar nicht, was ich machen soll, wenn einer auf mich zukommt und mir eine reinhauen will“, sagt Arno.

„Du setzt dich auf dein Moped und gibst Gas", sagt Charly, und alle lachen.

„Ja gut", sagt Franco, „das ist nun mal unser Job. Dafür trainieren wir ja auch."

„Erzähl doch mal!", sagt Sönke. „Da kommt einer auf dich zu und will dir eine reinhauen, ja? Mit der Faust voll aufs Gesicht. Was machst du da?"

„Also erstmal: Du darfst dich nicht wegdrehen, okay? Manche drehen sich ja so zur Seite. Aber dann hat er dich gleich. Die Zeit hast du gar nicht. Das geht alles blitzschnell. Sagen wir mal, er ist Rechtshänder. Das heißt, seine Faust kommt von links. Du stehst möglichst leicht schräg, dass du ihm nicht so viel Fläche bietest, Kinn bisschen nach unten. Dann kommt seine Faust, und die wehrst du mit links ab, also, du schlägst praktisch mit deinem Unterarm seinen Unterarm nach außen, weg von deinem Gesicht, und *im selben Augenblick* – das ist *eine einzige Bewegung*, ja? – haust du ihm mit der rechten Handwurzel unters Kinn, aber volle Wucht, und drückst ihn nach unten. Und dann hat der keine Chance. Sein Schwerpunkt liegt ja so weit außen, weil der gerade zuschlägt, dass der sofort das Gleichgewicht verliert, der geht sofort runter. Ja, und dann hast du ihn. Ein paar Schläge auf die Zwölf – zack, fertig." Er genehmigt sich einen weiteren Schluck. Die Männer schweigen beeindruckt.

Francos kleine One-Man-Show ruft in Martin gemischte Gefühle hervor. Einerseits ärgert es ihn irgendwie, dass hier, in seiner Kneipe, einer das Wort führt, den er gar nicht richtig kennt. Andererseits hört er gerne Geschichten über Männer, die sich prügeln. Und jetzt, wo er sowieso gerade sauer ist, umso mehr. Sein Puls steigt. Sein Glas ist auf einmal leer. „Machste mir noch eins?", sagt er zu Heiner. Der nickt. Martin trinkt aus, rülpst leise und hört wieder zu.

Mehrere Biere später verabschiedet sich Franco, weil er noch bei Habib in der Shisha-Bar vorbeischauen will. Elli und Thida sind schon lange nach Hause gegangen. Auch Charly macht sich jetzt auf den Weg. Er hat einen langen Tag im Geschäft in den Knochen. Dündar begleitet ihn nach draußen. Übrig bleiben Sönke, Arno und Martin. Heiner will von ihm wissen, wie das Sommerfest in der Heiligenroder Straße gewesen ist.

„Ganz gut", sagt er. „Büschn kühl, aber gute Stimmung. Machen wir nächstes Jahr wieder."

„So richtig zufrieden siehst du aber nicht aus."

„Ach, naja ..."

„Jetzt erzähl schon", sagt Sönke mit schwerer Zunge. „Macht's deine Frau mit nem andern, oder was?" Er lacht meckernd.

„Quatsch!", sagt Martin. „Ich bin einfach nur sauer, weil meine Töchter nicht mitgeholfen haben. Das ist alles."

„Mein Gott", brummt Heiner, „das sind Teenies, Martin, da kann man doch verstehen, dass die keine Lust haben, mit ihren Alten zusammen Bier an die Nachbarn zu verkaufen. Hättest du auch nicht gemacht, denke ich mal."

„Ja, aber weißte, warum die nicht da warn?", ruft Martin und funkelt Heiner zornig an. „Weil die mit der *Kirche* weg sind! Die fahrn lieber mit der *Kirche* weg, als mit uns zusammen zu feiern!"

Heiner zuckt die Schultern und grinst, während er sich selbst ein Bier zapft. „Vielleicht ist Beten ja wieder angesagt. Können wir doch nicht wissen, was in den jungen Leuten von heute so vor sich geht."

„Mein Neffe, Alter", sagt Sönke, „was der für Musik hört – das ist für mich nur noch Krach. Reiner Krach!" Er macht eine Bewegung, als würde er etwas vom Tresen wischen, und setzt schwankend sein Bier an.

„Das ist so n Riesending, wo die sind“, sagt Martin, als hätte er die anderen nicht gehört, „mit Bühne und Band und Lichtern. Da kommen Tausende! Tausende! Und dann kriegen die da ne Gehirnwäsche vom Feinsten verpasst. Gott und Jesus und haste nicht gesehen. Hab ich mir im Internet angekuckt. Hab fast zu viel gekriegt. Ich sach: Da fahrt ihr nicht hin! Kommt gar nicht infrage! Aber die haben ihren eigenen Kopf. Und Sonja war jetzt auch nicht grade ne Hilfe gewesen.“

„Machste dir Sorgen?“, fragt Arno.

„Logisch! Was denkst du denn?“

„Tausende?“, fragt Sönke. „Wo soll das denn sein? Aber nicht hier in der Nähe, oder? Würde man doch mitkriegen.“

„Da kriegst du gar nichts mit!“, ruft Martin aus. „Das ist so ne Parallelgesellschaft, da weißt du gar nichts von. Weißt du, wie viele hier in den Gottesdienst gehen?“ Er lehnt sich über den Tresen und schreit Sönke beinahe an, während er mit ausgestrecktem Arm in eine unbestimmte Richtung nach draußen zeigt. „Hier – in der Hermannsburg? In Bartholomäus? Mindestens dreihundert! Wenn nicht mehr! Das ist doch nicht mehr normal, so was! – Mach mir nochmal eins, Heiner.“

Der Wirt zögert, gibt dann aber nach und greift nach einem frischen Glas. „Ist aber das letzte. Ich schmeiß euch gleich raus.“

„Und da ist nur dieser Springer dran schuld!“

„Wer ist das denn?“, fragt Sönke.

„Das ist der Pastor“, sagt Arno, der fast jeden in Huchting kennt.

„Das ist so n ganz gerissener Typ!“, schnauzt Martin. „Ein Rattenfänger ist das! Ich will echt mal wissen, warum da keiner was macht!“

„Was willste denn machen?“, sagt Heiner. „Ist n freies Land. Kann jeder machen, was er will.“ Die anderen sagen lieber nichts.

Im Hintergrund läuft ‚Du bist so süß wie Marzipan‘ von Olaf. „Hör mal, mein Lieber, ich hab das Gefühl, du musst ins Bett. Trinkt mal aus, ihr drei, und dann ist hier Zapfenstreich.“

Kurz darauf sind sie draußen. Sönke schlingert Richtung Roland-Center davon. Arno entfernt sich in die entgegengesetzte Richtung. Martin dagegen bleibt kurz stehen, während Heiners Schlüsselbund noch hinter ihm rasselt, und überlegt.

Er ist zu betrunken, um klar denken zu können. Aber seit seinem Ausbruch in der Kneipe steht er richtig unter Strom. Er geht die Stufen nach unten und biegt nach links ab zur Ampel. Auf dem Weg zur Heiligenroder Straße muss er die Hermannsburg überqueren. Und dann schießt es durch ihn hindurch. Genug ist genug! Irgendjemand *muss* etwas tun. Warum nicht er?

Er wendet sich nach rechts und geht in strammem Tempo die Straße hinunter. Das hier ist unser Viertel, denkt er. Ich leb hier gerne. Und ich lass mir das nicht kaputt machen. Von niemandem! Schon gar nicht von einem Pfaffen. Und noch viel wichtiger: Meine Familie lass ich mir erst recht nicht kaputt machen! Diesmal sind ihm die Tränen egal. Es sieht ihn ja eh keiner. Zur Rechten taucht die Amsterdamer Straße auf. Martin marschiert weiter. Ich erkenn die kaum wieder, denkt er. So sind die doch früher nicht gewesen. Nachher werden das so Betschwestern. Hören nur noch auf das, was der Pastor sagt. Ihm wird schlecht. Er beschleunigt seinen Schritt.

Die sind noch so jung! Was wissen die denn vom Leben? Willige Opfer! Denen musst du doch nur mit der Hölle drohen. Und dann hast du die in der Hand. Er hat die Kirchseelter Straße überquert und eilt jetzt am letzten Wohnblock entlang, bevor das Gelände der Kirchengemeinde kommt. Das können sie mit irgendwelchen Idioten machen. Kann man nicht verhindern. Die Leute sind halt doof. Aber nicht mit uns. Nicht mit den Kuschinskys!

Der Hof, über den er geht, ist dunkel. Zwei, drei Autos stehen rechts und links verteilt. Der flache, lang gestreckte Gebäudekomplex, auf den er zugeht, ist nur schwach beleuchtet. Martins Schritte werden langsamer. Wo muss er eigentlich hin? Links entdeckt er Garagen. Daneben ist ein kleines Tor. Er geht darauf zu. Ja, das sieht gut aus. Das scheinen die Dienstwohnungen zu sein, ein länglicher Bungalow mit mehreren Eingängen. Er beleuchtet das erste Klingelschild mit dem Handy. Nee, das ist falsch. Auch der zweite Eingang ist es nicht. Aber der dritte ist richtig: Springer. Klar, ist ja auch die größte Wohnung. Und dahinter mit Sicherheit ein riesiger Garten. Saus und Braus. Kriegen ja auch ein Wahnsinnsgehalt, diese Pfaffen.

Martin atmet heftig ein und aus. Dann drückt er den Klingelknopf. Es ertönt kein freundliches Dingdong, sondern ein aggressives Schrillen. Das kommt ihm gerade recht. Wieder und wieder drückt er den Knopf, bis die Haustür aufgerissen wird und ihn ein verschlafenes, aber alarmiertes Gesicht anschaut.

Matthias Springer ist ein Bürschchen von einem Mann, findet Martin, wie er da in Boxershorts und T-Shirt vor ihm steht. Er sieht aus wie Ende dreißig. Sein dunkelblondes, längliches Haar steht in alle Richtungen ab.

Mit beiden Pranken packt Martin den Pastor vorne am T-Shirt. „Lass meine Töchter in Ruhe, du Rattenfänger!“, brüllt er ihm ins Gesicht. „Ich sag dir das nur dieses eine Mal. Wenn du nicht mit der Scheiße aufhörst, zeig ich dir, wo der Hammer hängt!“

Springer sieht ihn entsetzt und ratlos an. „Ich ... was?“

„Ich hab gesagt ...“ Über Springers Schulter hinweg entdeckt Martin das erschrockene Gesicht einer jüngeren Frau, der man ansieht, dass sie aus dem Schlaf gerissen worden ist, und das eines kleinen Jungen, dessen Augen weit aufgerissen sind und sich mit Tränen füllen.

„Hören Sie“, unterbricht ihn Springer. „Jetzt lassen Sie mich doch erstmal los. Und dann erklären Sie mir in aller Ruhe, was Sie überhaupt von mir wollen.“ Mit erstaunlich weichen Händen löst er die Fäuste von seinem T-Shirt und sieht dem anderen dabei in die Augen.

Beim Anblick des Kindes fällt Martins Wut in sich zusammen. Er hat dem Pastor ein bisschen Angst machen wollen. Aber sicher nicht seiner Frau oder gar seinem Kind. „Sie können nicht …“, schnauft er, „Was ich meine, ist, dass Sie gefälligst meine Töchter in Ruhe lassen sollen. Wir sind nicht religiös, und die haben in Ihrer Sekte nichts verloren. Okay? Mehr wollt ich gar nicht sagen. Gute Nacht!“ Er wendet sich ab, weil er plötzlich so schnell wie möglich nach Hause will.

„Warten Sie doch mal!“, sagt der Pastor. „Ich weiß überhaupt nicht, wer Sie oder Ihre Töchter sind. Was halten Sie davon, wenn ich uns beiden ne Tasse Kaffee mache? Und dann erzählen Sie mir mal in Ruhe, warum Sie überhaupt hergekommen sind.“ Martin bleibt stehen und dreht sich langsam um. „Ich hab das Gefühl, einen Kaffee könnten Sie jetzt ganz gut gebrauchen. Und ich auch. Schlafen kann ich sowieso nicht mehr.“

Springers Amtszimmer ist am weitesten von den Schlafzimmern entfernt und hat außerdem eine Doppeltür, die kaum ein Geräusch nach draußen lässt. Deshalb setzen sie sich hier hinein, in einander gegenüberstehende Sessel, jeder mit einer dampfenden Tasse in der Hand.

„Jetzt sagen Sie mir doch bitte mal, wer Sie sind und wer Ihre Töchter sind und was überhaupt das Problem ist“, sagt der Pastor. Er hat sich eine Jeans angezogen und eine Hornbrille aufgesetzt, das T-Shirt, das er im Bett getragen hat, aber anbehalten. Seine Füße sind nackt. Die Ellenbogen stützt er auf die Knie.

„Martin Kuschinsky. Meine Töchter Maike und Neele gehen in Ihre Jugendgruppe, oder wie das heißt."

„Okay. Und das passt Ihnen nicht."

„Mein Gott, wir sind n freies Land. Jeder kann machen, was er will." Martin lässt den Blick hilflos durch den Raum wandern, dessen Wände bis unter die Decke voller Bücher sind. Er sitzt in der Höhle des Löwen, wird ihm klar. Er weiß nicht so recht, wie er sich ausdrücken soll.

„Ja, aber… Wo ist denn dann das Problem?", sagt Springer.

„Wir sind nicht religiös!", stößt Martin hervor. „Sind wir nie gewesen. Und ich will, dass das so bleibt. Okay?"

„Warum ist Ihnen das so wichtig?"

„Das geht Sie eigentlich nichts an…"

„Ja, okay", gibt der Pastor zu. „Aber ich würde gerne Ihr Problem verstehen. Wovor haben Sie denn Angst?"

„Ich um mich selber hab gar keine Angst! Ich hab noch nie vor irgendwas Angst gehabt!"

„Aber um Ihre Töchter haben Sie Angst. Sie denken, dass der Glaube für sie schlecht sein könnte."

„Ja, sicher!"

„Aber warum denn?"

Martin überlegt. Um Zeit zu gewinnen, nimmt er einen Schluck Kaffee. Der tut gut. Er nimmt noch einen. „Meine Mutter", sagt er, „war sehr gläubig gewesen. Die war mit allem sehr streng: kein Fußball am Sonntag, keine Rockmusik, nicht alleine mit Mädchen unterwegs sein, kein Alkohol, kein Kino, kein gar nichts. Es hieß immer nur: Da ist der liebe Gott traurig drüber. Mach den lieben Gott nicht traurig. Ich hab das gehasst! Mir war der liebe Gott scheißegal. Aber meine Mutter halt nicht. Deshalb hab ich mitgemacht. Ihr zuliebe. Aber sowie ich meine Lehre angefangen hab, war damit Schluss gewesen. Und mir war eins sonnenklar: Mit Gott brauchst du mir nie wieder ankommen."

„Und jetzt besuchen Ihre Töchter unsere Gemeinde."

„Ja, genau. Und ich sach Ihnen das jetzt einfach mal ganz ehrlich: Ich weiß zwar nicht so viel darüber, was Sie hier machen. Aber das, was ich weiß, gefällt mir überhaupt nicht!"

„Was gefällt Ihnen denn nicht?"

„Ja, dieser ganze Rambazamba! Band, Schlagzeug, Lichter – was weiß ich. Gegen Kerzen und schöne Lieder hab ich ja gar nichts. Wer's braucht: Bitteschön! Aber was Sie hier machen, das ist Manipulation! Sie lullen die Leute ein. Sie machen die hörig. Die fühlen sich gut, und dann glauben die Ihnen alles."

„Sie glauben, ich bin so eine Art Sektenpriester."

„Könnte man so sagen."

Springer denkt nach. Er nippt an seinem Kaffee und lässt den Blick durch den Raum schweifen. Dann sagt er: „Das ist das erste Mal, dass mir jemand so was vorwirft. Sie erwischen mich da irgendwie auf dem falschen Fuß. Ich hab nicht den Eindruck, dass mir irgendjemand etwas glaubt, nur weil ich es sage oder weil die Musik schön ist oder die Lichter so bunt. Aber wenn ich mich mal in Ihre Lage versetze, dann hätte ich vielleicht dieselben Befürchtungen."

„Ach – echt?"

Der Pastor sieht Martin wieder an. „Aber vielleicht können Sie mich ja auch ein bisschen verstehen: Wissen Sie, ich versuch hier einfach einen guten Job zu machen. Es ist schwer, Leute für etwas zu begeistern. Fragen Sie mal den Sportverein oder die SPD-Ortsgruppe. Die haben alle dasselbe Problem. Einerseits will ich den Glauben so attraktiv wie möglich rüberbringen, damit das überhaupt jemanden interessiert. Ich will klarmachen, dass der Glaube das Leben bereichert, und zwar so verständlich wie möglich. Aber ich will die Menschen nicht überreden, sondern überzeugen. Ich gebe zu, das ist ne Gratwanderung."

„Ja okay", sagt Martin. „Irgendwie beruhigt mich das jetzt aber nicht."

Springer lacht müde. Er nimmt die Brille ab und reibt sich die Augen. „Wenn ich mal fragen darf: Was ist denn eigentlich der Grund, dass Sie ausgerechnet heute zu mir gekommen sind?"

„Ach, ich war einfach sauer gewesen. Wir haben Straßenfest gehabt…"

„In der Heiligenroder?"

„Genau. Und meine Töchter waren halt nicht beim Fest, sondern die sind mit Ihrer Kirche unterwegs zu irgend so nem Festival oder was weiß ich."

„Ach, die sind mit nach Krelingen gefahren. Verstehe…"

„Und das kotzt mich halt an. Religion ist schön und gut, aber wenn die sich so auf das normale Leben auswirkt, finde ich das schwierig. Und wie gesagt: Was weiß ich, was die da machen?"

„Haben Sie die beiden denn schon mal gefragt, wie diese Veranstaltungen ablaufen?"

„Ach, die sprechen doch ne Sprache, die ich gar nicht kapiere. Also die Maike zumindest, seit sie aus den USA zurück ist. Ich hab ja versucht, das irgendwie zu verstehen, aber wenn ich das nur höre, laufen bei mir schon Schauer über den Rücken. Für mich sagt das alles ganz klar: Sekte!"

„Sie wollen doch bestimmt, dass Ihre Töchter mündige, selbstständige Entscheidungen treffen, oder nicht?"

„Genau das. Genau das will ich."

„Und wenn sie sich für den Glauben entscheiden, weil sie sich das so überlegt haben – müssten Sie das nicht akzeptieren?"

Martin starrt Springer an. „Ja gut", sagt er, „wenn sie so eine Entscheidung überhaupt schon treffen *können*…"

„Es hat ein bisschen gedauert“, sagt der Pastor, „aber ich weiß jetzt, wer Maike und Neele sind. – Entschuldigen Sie, die Jugendgruppe ist ziemlich groß, da fallen mir nicht sofort alle Namen ein. – Das sind beides ganz tolle Mädchen. Ich verstehe, dass Sie sich als Vater Sorgen machen. Ich hab ja auch zwei Jungs. Aber ich kann Ihnen sagen: Um die beiden müssen Sie keine Angst haben! Die werden ihren Weg schon gehen, da bin ich mir sicher. Außerdem …“ Er setzt die Tasse an, merkt aber, dass der Kaffee inzwischen kalt ist, und stellt sie zur Seite. „Es ist ja vielleicht gar nicht nur die Liebe zu Jesus, warum die beiden so gerne zu uns kommen. Vielleicht ist daran ja auch eine ganz irdische Liebe schuld.“

„Ach so?“

„Ich glaube, ich habe neulich gesehen, wie Maike sich mit einem jungen Mann recht gut verstanden hat.“

„Das würde das eine oder andere erklären …“

Springer lächelt. „Sie müssen das selbstverständlich als Familie unter sich klären, wie Sie mit dem Glauben und der Kirche umgehen wollen. Aber ich finde, Sie sollten die Entscheidungen der beiden schon ernst nehmen. Und falls Sie das beruhigt: Ich will, dass jeder in meiner Kirche eigene, mündige Entscheidungen trifft.“

Martin schaut in die Tasse in seinen Händen und hat Probleme, einen klaren Gedanken zu fassen. „Okay, ähm …“ Dann fällt ihm auf, was der Pastor gerade gesagt hat. „Das ist ja wohl auch das Mindeste, oder? Ich meine, was denn sonst?“

„Was meinen Sie?“

„Ist doch logisch, dass jeder Mensch eigene Entscheidungen treffen können soll. Ich mein’, wir leben hier in einem freien Land, oder nicht?“

Springer zieht die Augenbrauen hoch. „Ja klar …“

„Ich hoffe, Ihre Mitarbeiter sehen das auch alle so."

Der Pastor nickt ernst. „Das ist eine ganz klare... Also, da reden wir wirklich oft drüber. Ich werde das demnächst noch mal im Mitarbeiterkreis ansprechen. Aber eigentlich wissen das alle." Er macht eine Handbewegung, die seine Aussage unterstreichen soll. „Ganz klar!"

„Okay", sagt Martin. „Dann sind wir uns ja einig. Tut mir leid, dass ich Sie und Ihre Familie geweckt habe."

„Sie sind nicht der Erste. Gut, dass wir mal miteinander gesprochen haben. Und wenn es irgendetwas gibt, dass Sie an uns aufregt, dann kommen Sie zu mir, und wir reden drüber. Am besten tagsüber."

„Können Sie morgen ausschlafen?"

Springer lacht. „Schön wär's. Ich muss nachher predigen. Ich bring Sie mal zur Tür."

Sie gehen durch eine Art tiefer gelegenes Wohnzimmer, das durch eine kleine Treppe mit einem Esszimmer verbunden ist, dann durch den Flur zur Haustür. Martin geht nach draußen und reicht Springer die Hand. „Nichts für ungut. Kommen morgen wieder so viele zu Ihnen in die Kirche?"

Der Pastor nickt. „Ungefähr vierhundert. Kommen Sie doch auch mal. Dann können Sie ja sehen, ob ich manipuliere oder nicht."

„Ich denk mal drüber nach."

„Tun Sie das", sagt Springer. „Gute Nacht!"

„Gutes Gelingen nachher."

Wenn Maike und Neele mitkriegen, was er sich heute Nacht geleistet hat, denkt er auf dem Weg nach Hause, wird ihnen das so peinlich sein, dass sie vielleicht von selbst nicht mehr herkommen wollen. Er weiß nicht, ob er das gut fände oder nicht.

Nur dieses eine Mal!

Als Gülsah fällt und Kolja sie mit seinen starken Armen auffängt, sie festhält und nicht mehr loslässt, weiß sie, dass jetzt alles gut und das Schlimmste überstanden ist.

An ihrem Freund liebt sie ganz besonders die Nase, und an dieser vor allem die kleine flache Ebene auf dem Nasenrücken. Immer wieder streicht sie mit dem Finger darüber, wenn sie zusammen sind, was ihn ganz verrückt macht, denn er findet die Stelle hässlich. Aber Gülsah ist da ganz anderer Meinung. Natürlich liebt sie den Rest seiner Nase auch, diese schöne, gleichmäßige, lange Nase, die sie manchmal, wenn sie sich küssen, in den Mund nimmt, aber nur ganz kurz, weil er sich jedes Mal lachend und ein bisschen entrüstet abwendet und sie fragt, was der Quatsch soll. Sie liebt seine mandelförmigen, braunen Augen, die gleichmäßig geschwungenen Augenbrauen, das längliche, ovale Gesicht und die nussbraunen Haare, deren Locken der Wind in seine Augen bläst, wenn er klettert.

Und das macht er oft. Kolja gehört zu einer Gruppe Jugendlicher, die sich ‚Die Daredevils' nennen und waghalsige Kletterpartien auf hohen Gebäuden unternehmen. Sie durchstreifen täglich die Stadt, immer auf der Suche nach neuen Herausforderungen, brechen auf Baustellen ein, erkunden Bauruinen, treiben sich auf Aussichtsplattformen herum oder kriechen aus den Dachluken der großen Wohnblöcke.

Niemals geben sie sich zufrieden, bevor sie nicht den höchsten Punkt eines Gebäudes erreicht haben, ob das nun ein Antennenmast, ein Schornstein oder ein hoch aufragendes Firmenlogo ist.

Einmal haben sie in den Verstrebungen eines Baukrans gehangen, der auf dem Dach eines Hochhauses am Rand der Bremer Überseestadt gestanden hat, klammerten sich nur mit den Händen daran, direkt über dem Abgrund baumelnd, und schickten gellende Schreie in die Tiefe unter sich. Noch heute kann sich Gülsah die Fotos dieser Klettertour nicht ansehen, ohne dass ihr schlecht wird.

Denn Fotos gibt es. Jedes Abenteuer der Daredevils wird dokumentiert und auf Internetplattformen veröffentlicht, auf denen Kletterer aus der ganzen Welt ihre Fotos und Videos hochladen.

Erst vor zwei Jahren entdeckte Kolja die Videos und Fotos junger Russen, wie sie auf den Dächern der Hochhäuser standen, an den Fassaden von Wolkenkratzern hingen oder sogar einen der Türme des Kreml erklommen hatten und in die Kamera grinsten.

Bis zu diesem Zeitpunkt war er ein viel beschäftigter und trotzdem andauernd gelangweilter, durchschnittlicher Sechzehnjähriger gewesen, der dienstags, donnerstags und am Wochenende Fußball spielte, mit seinen Freunden Skateboard fuhr, online Multiplayer-Games zockte und hin und wieder Gras rauchte.

Das alles änderte sich schlagartig. Schon bald meldete er sich bei seinem Verein ab, hörte auf zu rauchen und zu trinken und hatte nur noch eines im Kopf: Roofing, wie dieser Sport genannt wird. Seine Begeisterung sprang auf seine Freunde über, und so stachelten sie sich gegenseitig an, mehr zu wagen und höher zu steigen.

Zu Beginn suchten sie nach Möglichkeiten in Huchting. Ihr erstes Projekt war das hohe Haus an der Haferflockenkreuzung.

Es bereitete ihnen keine Probleme. Nachdem sie erst einmal auf den Garagen an der Rückseite standen, kletterten sie am Balkon des ersten Stockwerkes nach oben, stellten sich auf dessen Geländer und wiederholten das Ganze, bis sie im siebten Stockwerk ankamen und sich an der Mobilfunkantenne aufs Dach zogen.

Das Hochhaus Auf den Kahlken 1 eroberten sie ebenfalls schnell. Sie kletterten außen am Käfig der Feuerleiter empor und legten das letzte Stück bis zum Dach am Mast zurück, auf dem der Wetterhahn befestigt war. Arif wäre an dieser Stelle beinahe abgestürzt, weil er nach dem langen Aufstieg müde war, aber Kolja hielt ihn fest.

Die achtstöckigen Wohnblocks, wie sie in der Leeuwarder Straße, der Carl-Hurtzig-Straße oder in der Robinsbalje standen, waren schon größere Herausforderungen. Aber auch da fanden sie bald heraus, wie es ging, und begannen, in ganz Bremen nach neuen Projekten zu suchen.

Kolja merkte bald, dass seine Kraft für die Routen, die sie klettern wollten, nicht ausreichte. Deshalb begann er, gezielt zu trainieren, bis er einarmige Klimmzüge an Türrahmen schaffte.

Gülsah war sich anfangs nicht sicher, was sie von alledem halten sollte. Einerseits fand sie Gefallen an seinem neuen Hobby. Koljas Körper begann sich zu verändern. Schon zuvor war er ein sportlicher, gut aussehender Kerl gewesen, aber jetzt wurden seine Arme sehniger, die Schultern breiter und der Oberkörper muskulöser. Hinzu kam, dass ihr Freund, wenn er gelangweilt war, richtig übellaunig sein konnte – und er war früher oft gelangweilt, nicht so sehr von der freien Zeit, die es totzuschlagen galt, sondern von der Gleichtönigkeit der Tage.

Damals verging jede Woche auf die gleiche Weise, und manchmal hatte Gülsah den Eindruck, dass sich in Kolja eine Wut aufstaute, die sich früher oder später entladen musste. Das war nun vorbei. Jeder Tag brachte neue Herausforderungen, und Kolja lebte in andauernder Vorfreude auf das nächste Abenteuer.

Andererseits wurde Gülsahs Angst immer größer. Ihr wurde schlecht, wenn sie dabei zusah, wie sich die Jungs vom Geländer eines Balkons im zehnten Stock herabhängen ließen und ihr fröhlich mit einer Hand zuwinkten.

Das für sie schlimmste Erlebnis war die Aktion mit dem Kran, denn sie stand auf dem flachen Dach und musste dabei zusehen, wie Kolja nicht nur freihändig über die Streben balancierte, sondern sich auch noch über der Tiefe herabhängen ließ, während sie-wusste-nicht-wie-viele Meter unter ihm Autos fuhren, die so groß waren wie Streichholzschachteln.

Nach dieser Tour bat Gülsah Kolja darum, mit dem Klettern aufzuhören. Das machte ihn wütend. Er war besonders stolz auf die Sache mit dem Kran und erwartete eigentlich, dass Gülsah ihn dafür bewunderte. Dass sie ihm seine Leidenschaft, die für ihn viel mehr war als ein Hobby, ausreden wollte, traf ihn.

Am Ende stritten sie sich und schliefen danach zur Versöhnung miteinander. Er tröstete sie mit dem Versprechen, es nicht zu übertreiben. Und auch wenn sie das nicht wirklich zufrieden stellte, sagte sie nichts mehr dazu. Schließlich wollte sie ihn nicht verlieren.

Doch ihre Angst verschwand nicht. Im Gegenteil, sie wurde immer größer, je öfter sie die Jungs begleitete und ihnen dabei zusah, wie sie ihr Leben aufs Spiel setzten.

Eines Tages weigerte sie sich mitzugehen und blieb trotz Koljas Überredungsversuchen zu Hause. Sie hoffte, dass er sie mehr liebte als das Roofing und irgendwann damit aufhörte, um wieder mit ihr zusammen sein zu können. Aber danach sah es ganz und gar nicht aus.

Kolja denkt nicht daran, das Klettern bleiben zu lassen. Er hat sich noch nie so frei und glücklich gefühlt wie in den Momenten, in denen das Adrenalin durch seinen Körper schießt, der Wind an seinen Haaren und Kleidern zerrt und ein einziger Fehlgriff über Leben und Tod entscheidet.

„Die Gefahr macht dich erst richtig lebendig", sagt er immer zu den anderen, und die grinsen, spucken auf die Erde und gucken dann an der Fassade hoch, vor der sie gerade stehen.

Erst will er es nicht wahrhaben, aber irgendwann muss er zugeben, dass die Gefühle zwischen Gülsah und ihm abkühlen. Sie telefonieren zwar noch täglich, sehen sich aber ansonsten nur noch in der Schule. Und wenn sie sich treffen, hat Kolja genau ein Thema, über das er sprechen will, und gerade davon will Gülsah nichts mehr wissen.

Kolja macht das alles traurig, und er lenkt sich mit dem Klettern ab.

Gülsah dagegen geht es richtig schlecht, auch wenn sie es sich nicht anmerken lässt. Das würde nur ihren Freundinnen Auftrieb geben, die ihr schon lange sagen, dass sie nicht mit einem Russen gehen, sondern sich lieber einen Türken suchen sollte. Sie vermisst ihn, seine Nase, seine Augen, sein Lachen, seine starken Arme, über die sie so gerne mit der Hand streicht, weil die Haut so unwahrscheinlich glatt ist. Als sie es fast nicht mehr aushalten kann, steht er eines Tages vor ihrer Tür in der Arnheimer Straße.

„Was machst du denn hier?", sagt sie. „Ich dachte, du bist Klettern."

„Ich wollte dich mal wieder sehen. Ich vermiss dich."

Sie dreht sich hastig zur Wohnung um, besorgt, dass ihre Eltern sie hören könnten, aber im Wohnzimmer lärmt der Fernseher so wie immer. „Ich dich auch", sagt sie leise und freut sich.

„Es passt jetzt gerade überhaupt nicht. Warum hast du denn nicht Bescheid gesagt, dass du kommst?"

„Ich wollte dich was fragen."

„Und was?"

Er druckst herum. Ihm fallen mal wieder nicht die richtigen Worte ein. „Ich wollte dich fragen, ob du mitkommst", sagt er endlich.

„Wohin?"

„Zum Klettern."

Sie seufzt enttäuscht. „Das weißt du doch ganz genau."

„Ich mein ja bloß: Ich glaube, du solltest mal selber klettern. Dann verstehst du das auch."

„Bist du bescheuert?" Ihre Augen weiten sich entsetzt. „Ich kann das nicht. Ich *will* das nicht! Kolja! Das ist doch alles totaler Wahnsinn! Du hättest damit nie anfangen dürfen!"

„Zuerst hast du das noch gut gefunden..."

„Ja, zuerst. Aber jetzt finde ich es krank! Ich habe keine Lust, dass du irgendwann draufgehst, nur weil du aus Versehen loslässt. Wieso raffst du das denn nicht?" Sie ist erregt, hat aber dennoch leise gesprochen, um nicht die Aufmerksamkeit ihrer Eltern zu erregen.

Kolja ringt nach Worten. Er wird so schnell nicht aufgeben, das weiß sie.

„Gül, ehrlich, du musst es einfach mal machen! Ich helfe dir natürlich. Glaub mir: Du wirst es geil finden. Es ist das Geilste der Welt! Es ist besser als Sex! Hinterher willst du nie wieder irgendwas anderes machen. Echt jetzt!" Er sieht sie beinahe flehend an. Das Licht, das die schwache Deckenleuchte des Treppenhauses auf sie wirft, glänzt auf der flachen Stelle seiner Nase. „Ich vermiss dich", sagt er noch einmal.

Dann ist er still und sieht sie an.

Sie atmet tief ein und wieder aus und denkt nach. „Nur dieses eine Mal!“, sagt sie dann. „Ich mach das ein einziges Mal, weil ich dich liebe. Und dann will ich, dass du für mich auch mal aufs Klettern verzichten kannst.“

„Okay!“, sagt er, und seine braunen Augen leuchten. „Zieh dich an. Wir müssen los!“

„Was – jetzt???“

„Ja klar! Die anderen warten schon. Beeil dich!“

„Kolja ...“

„Bitte! Es ist diesmal auch nicht gefährlich. Einfach nur hoch und schön.“

„Okay, warte ...“ Sie streift sich eilig Turnschuhe über, bevor ihre Eltern merken, was los ist, und folgt ihm ins Treppenhaus, ohne sich zu verabschieden.

Vor dem Haus setzt sie sich auf die Querstange von Koljas Mountainbike. Dann geht es los zur Kirchhuchtinger Landstraße und die immer weiter rauf, am Roland-Center vorbei, bis sie nach nur zehn Minuten ihr Ziel erreichen. Es ist St. Georg, die alte Kirche mitten im Stadtteil.

Vor dem schlanken Kirchenschiff ragt der Turm auf. Er ist bis zur Spitze von einem Baugerüst umgeben. Gülsah hat sich noch nie gefragt, wie hoch er wohl sein mag. Doch jetzt, wo sie direkt davor steht und hinaufsieht, kommt er ihr riesig vor.

„Na?“, Kolja strahlt sie an. „Das ist doch gar nicht schwer, oder? Aber der Ausblick wird einfach nur geil sein! Komm!“ Er schiebt das Fahrrad zum Friedhof, der auf der von der Straße abgewandten Seite liegt, und lehnt es an die Kirchenmauer. Die Clique wartet dort bereits auf sie.

Gülsah folgt ihm zögernd. Ihre Knie zittern, ihr Herz schlägt bis zum Hals. Immer wieder sieht sie den Turm hinauf, in der Hoffnung, dass sie sich an den bedrohlichen Anblick gewöhnen kann. „Kolja, ich weiß nicht. Ich glaube, ich sehe euch lieber beim Klettern zu."

Er macht aus seiner Enttäuschung kein Geheimnis. „Wir sind nur wegen dir hier! Für uns ist das nichts Besonderes. Wir dachten nur, für dich könnte das der richtige Einstieg sein."

„Einstieg ...?"

„Gül, ehrlich. Wenn du das einmal gemacht hast, willst du nichts anderes mehr. Probier es einfach mal aus. Da passiert nichts, keine Angst! Wir passen alle auf dich auf. – Bitte!", fügt er hinzu, als sie zögert.

Sie atmet tief durch. „Na gut. Aber nur dieses eine Mal!"

Kolja gibt ihr einen Kuss, der ihr Mut einflößt. „Los, komm! Ich zeig dir, was du machen musst."

Bis zur ersten Stufe des Gerüstes in etwa drei Metern Höhe müssen sie über die Gerüststangen gelangen. Kolja und die anderen zeigen ihr, wo sie sich festhalten und wo sie ihren Fuß hinsetzen muss. Es geht erstaunlich leicht. Schon nach wenigen Minuten haben sie die erste Etappe geschafft.

„Siehste?", strahlt Kolja. „Ist überhaupt nicht schwer!"

Weiter geht es über Metallleitern, die im Zickzack immer höher führen. Gülsah ist ein sportliches Mädchen, aber sie merkt bald, dass beim Klettern Muskeln beansprucht werden, die sie normalerweise selten nutzt. Hände und Knie zittern leicht, wenn sie eine weitere Ebene erreicht und die wenigen Meter zur nächsten Leiter geht, diesmal aber nicht aus Angst, sondern vor Anstrengung.

Sie sind inzwischen viele Meter über dem Boden. Die großen Uhren haben sie schon unter sich gelassen und die Turmspitze ist in Sicht. Kolja hat recht: Der Ausblick ist fantastisch! Zu Gülsahs Füßen rauschen die Autos auf der B 75 vorbei. Im Westen werden die großen Blocks aus der Carl-Hurtzig-Straße und der Robinsbalje von der schon recht tief stehenden Juni-Sonne angestrahlt. Dort hinten leuchtet das Hochhaus, in dem Franco, der Türsteher-Freund ihres Onkels Habib wohnt. Auf der anderen Seite des Kirchturms sieht sie, wie vom Flughafen gerade ein Flugzeug startet. Die Doppelspitze des Doms in der Stadtmitte und sogar die Flutlichtmasten des Weser-Stadions kann sie erkennen.

„Brauchst du eine Pause?", fragt Kolja.

„Nein, nein, geht schon!" Sie lächelt ihn an, weil sie sich über den mitfühlenden Ton in seiner Stimme freut, und setzt den Fuß auf die Sprossen der nächsten Leiter.

Die Angst kommt zurück, als der Umfang der Turmspitze nur noch Zentimeter beträgt und es den Anschein macht, als würde das Gerüst frei in der Luft stehen. Der Wind peitscht Gülsah die Haare ins Gesicht, während sie sich mit beiden Händen an eine Querstange klammert und sich Mühe gibt, nicht in die Tiefe zu schauen.

„Du hast es fast geschafft", ruft Kolja ihr gegen den Wind ins Ohr. „Nur noch eins höher, dann bist du ganz oben."

„Aber es gibt hier keine Leiter!"

„Du musst außen am Gerüst hochsteigen. Halt dich einfach an den Stangen fest."

„Was???"

„Das ist ganz leicht! Du musst es genauso machen wie unten am Boden. Der einzige Unterschied ist die Höhe. Arif geht vor und hilft dir rauf. Ich bleibe hier und pass auf, dass nichts passiert."

„Ich kann das nicht!!!"

„Gül, vertrau mir! Es funktioniert! Arif zeigt dir, wie es geht."

Arif wirft ihr ein fröhliches Grinsen zu und beginnt mit dem Aufstieg zur letzten Ebene, die sich auf derselben Höhe wie der goldene Wetterhahn befindet und durch keine Brüstung mehr abgesichert ist: Er setzt den Fuß auf die Querstange, an der Gülsah sich noch immer krampfhaft festhält, und stellt sich darauf. Dann dreht er sich mit dem Rücken zum Abgrund. Er packt mit beiden Händen die Holzbohle der obersten Ebene, setzt den linken Fuß auf eine Stange, die diagonal verläuft und die senk- und waagerechten Verstrebungen miteinander verbindet, und wuchtet sich nach oben, sodass er den Oberkörper auf die obersten Bohlen legen und die Beine nachziehen kann. Alles in allem sieht es kinderleicht aus.

Sekunden später taucht sein grinsendes Gesicht über ihr auf. „Jetzt du. Keine Angst, ich halte dich fest."

Sie kämpft einen aufsteigenden Schluchzer nieder. Tu es einfach, sagt sie sich, bring es hinter dich. Umso schneller bist du von diesem Scheißturm wieder runter.

Kolja steht ganz dicht hinter ihr, als sie sich am Gerüst festhält und sich langsam auf die Querstange stellt. Zentimeter um Zentimeter dreht sie sich um die eigene Achse, bis sie dem Grauen den Rücken zugewandt hat und etwas freier atmen kann. Es funktioniert, denkt sie, ich kann das. Ich kann das schaffen! Sie setzt den linken Fuß auf die diagonale Stange, so wie Arif es ihr gezeigt hat. Der kniet über ihr, streckt ihr die rechte Hand entgegen und lächelt sie ermutigend an.

Ein neues Gefühl packt sie. Der Puls hämmert in ihren Ohren. Mit einem Mal fühlt sie sich glücklich und frei. Man kann alles im Leben erreichen, denkt sie, wenn man es nur will. Man muss sich einfach nur trauen. Sie jubelt, es ist ein triumphierendes Juchzen, und anstatt die dargebotene Hand zu fassen, greift sie mit beiden Händen nach der Bohle über ihr, so wie Arif es auch gemacht hat. Sie stößt sich ab.

„Scheiße!", schreit Arif, als er sieht, wie ihre Hände abrutschen und sie nach hinten fällt. Schon im nächsten Moment spürt sie

Koljas starke Arme um sich, die sie auffangen und festhalten. Dann wird er von ihrem Gewicht über die Brüstung gezogen und sie stürzen gemeinsam in die Tiefe.

„So ist das also, wenn man stirbt“, denkt Gülsah. Für Angst bleibt keine Zeit. Im Gegenteil: Sie weiß, dass jetzt alles gut und das Schlimmste überstanden ist.

Eine ganz normale Familie

Denis liebt alles, was sich dreht – die Räder seiner Spielzeugautos, die Lichterpyramiden mit dem drehenden Propeller aus dem Erzgebirge, Ventilatoren, Windräder und natürlich: Waschmaschinen! Er kann, wenn Katja und Sadiq es ihm erlauben, für die Dauer eines gesamten Waschgangs vor der Maschine hocken und der sich drehenden Trommel zusehen. Das sind immerhin neunzig bis hundertzwanzig Minuten!

Einerseits könnten sie darüber froh sein. Schließlich ist es besser, ein Kind vor die Waschmaschine zu setzen als vor einen Fernseher. Das Problem ist nur, dass Denis nie alleine sein will, wenn er seinem Hobby nachgeht. Und die Maschine steht im Keller des Wohnblocks im Neuen Damm. Die beiden müssen sich also entscheiden: Wollen sie Denis' Gequengel ertragen oder begleiten sie ihn lieber nach unten? Sehr häufig läuft es auf Letzteres hinaus.

Während der kleine Autist gut von der Waschmaschine unterhalten wird, langweilen sie sich tödlich. Im Keller ist es kalt, sie hocken auf dem Betonfußboden und starren auf den Timer der Maschine, der kaum merklich vorankriecht.

Katja bringt sich meistens ein Buch mit. Sadiq versucht, die Zeit produktiv zu nutzen und Ideen für seine Agentur zu entwickeln, für die er als Werbetexter arbeitet. Aber abgesehen davon, dass sie sich kaum konzentrieren können, weil zwei Stockwerke über ihnen Haushalt und Arbeit warten und ihnen ein schlechtes

Gewissen bereiten, will Denis wieder und wieder über die packenden Ereignisse reden, die in der Maschine vor sich gehen.

Wenn die Vorwäsche beendet ist, die Trommel ausschwingt und der Schaum innen am Fenster heruntergleitet, ist er verunsichert. Er dreht sich dann zu ihnen um und lispelt: „Ist die jetzt fertig?“

Die Antwort gibt die Maschine selbst, denn plötzlich klackt es, was in der eingetretenen Stille mehr wie ein Knallen klingt, und laut schießt frisches Wasser ein, sodass er einen erschrockenen Satz zurück macht und sich bei seinen Eltern in Sicherheit bringt. Erst wenn die Drehbewegungen der Trommel gleichmäßiger werden und die Geräusche nicht mehr so laut sind, traut er sich wieder dicht vor das Glas und starrt hindurch.

Der Höhepunkt jedes Waschganges ist das Schleudern. Für Denis besitzt es eine schreckliche Schönheit, dessen Heftigkeit und Lautstärke ihn jedes Mal fast in Panik geraten lassen. Er springt dann auf und läuft ein paar Schritte davon. Aber nicht zu weit. Denn was er jetzt hinter der dicken Scheibe beobachten kann, ist das herrlichste Kreiseln, das man sich vorstellen kann, schöner als jeder Ventilator.

Sowie der Lärm eine gleichmäßige Lautstärke erreicht, tastet er sich zurück zur Maschine und bleibt mit einer Art ängstlicher Faszination davor hocken.

Sadiq weiß nicht mehr genau, ob er oder Katja die verrückte Idee gehabt hat, bei YouTube nach Waschmaschinenvideos zu suchen. Das Internet hat bisher einfach zu ihrem Arbeits- und Lebensumfeld gehört, etwas, das sie täglich nutzen, ohne sich weiter darüber Gedanken zu machen. Jetzt aber wird es zu einem echten Lebensretter. Denn es stellt sich heraus, dass Denis nicht der einzige Waschmaschinenenthusiast auf der Welt ist. Dank Hunderter, wenn nicht Tausender Videos, in denen User die einzelnen

Waschgänge ihrer Waschmaschinen abfilmen, sind die langweiligen Stunden auf dem kalten Kellerfußboden vorbei. Katja meint, dass das immerhin Denis' Medienkompetenz schult. Sadiq ist sich da nicht so sicher. Aber eigentlich ist es ihm auch egal.

Der Satz, den Denis seit ihrer Entdeckung am häufigsten sagt, ist: „Kann ich Waschmaschinenvideos kucken?" Ja, er darf und zwar einmal am Tag für dreißig Minuten. Und während die Geräusche diverser Waschmaschinen und Waschgänge durch das Wohnzimmer schallen, gehen Katja und Sadiq wieder ihren normalen Verpflichtungen nach.

Doch Denis' große Leidenschaft erfährt noch eine Steigerung. Es beginnt mit einem Besuch in Bielefeld.

Als der klapprige Rover 45 der Parsas blinkend an einer Ampel der Herforder Straße steht, um bei Grün endlich links in die August-Bebel-Straße abbiegen zu können, schaut Denis nach vorne durch die Windschutzscheibe auf die direkt vor ihnen liegende Straßenecke und fragt in schleppendem Tonfall: „Was ist das da?"

‚Das da' ist ein Ladenlokal mit riesigen Fenstern und einem großen Neonwerbeschild darüber, auf dem zu lesen steht: ‚SB-Waschsalon'.

„Das ist ein Waschsalon", beantwortet Katja seine Frage so beiläufig wie möglich, während Sadiq es auf einmal kaum noch erwarten kann, dass die Ampel endlich umspringt.

„Was ist ein Waschsalon?", fragt Noams hohes Stimmchen.

Unglaublich, wie lange hier in Bielefeld die Rot-Phasen dauern!

„Also, das ist ein Geschäft", beginnt Katja die unvermeidliche Erklärung, „in dem Menschen ihre Wäsche waschen können."

Zwei Zauberworte schweben wie schillernde Seifenblasen durch das Auto: Wäsche waschen.

„Gibt's da auch Waschmaschinen?", will Denis wissen. Er mag erregt sein, aber seine Sprechweise ist so langsam wie immer.

Endlich: Grün. Sadiq gibt Gas.

„Ja", sagt Katja, während sie ihrem Mann ein schiefes Grinsen zuwirft, „da gibt's auch Waschmaschinen."

Sie lassen sich erst gar nicht auf den Kampf ein. Ohne ein weiteres Wort stößt Sadiq in die erstbeste Parklücke, die sich in der August-Bebel-Straße bietet.

Als die Erwachsenen sich nach hinten zu den Jungs umdrehen, sehen sie keinen vor Erwartung und Neugierde platzenden Denis. Vielmehr blickt er ihnen nachdenklich entgegen.

„Möchtest du mal reingehen und sie dir ansehen?", fragt Sadiq, während Katja aufmunternd lächelt.

„Ich weiß nicht", sagt Denis. „Ist es da drinne laut?"

„Kann sein", sagt Katja. „Nicht sehr, aber vielleicht ein bisschen. Wenn du willst, gehe ich mit dir da rein. Da gibt es ganz viele Waschmaschinen."

Er bleibt wortlos sitzen und denkt nach. Dann gibt er sich einen Ruck. „Ja", sagt er und öffnet die Autotür.

Noam und Sadiq bleiben im Auto, während Denis und Katja sich händehaltend dem Waschsalon nähern.

Im Rückspiegel kann Sadiq sehen, wie die beiden zunächst vor einem der Schaufenster stehen bleiben und lange hineinschauen. Ganz sicher sind die Geräusche der Waschmaschinen und Trockner auch auf der Straße zu hören. Doch die Faszination der sich drehenden Trommeln scheint größer zu sein als die Angst vor dem Lärm, denn schließlich wenden sie sich dem Eingang zu und gehen langsam, immer noch Hand in Hand, hindurch.

Auf der Weiterfahrt ist Denis in sich gekehrt. Sie sind etwa zehn Minuten in dem Salon geblieben, dann sind die Eindrücke zu viel und zu stark geworden, und sie sind zum Auto zurückgekehrt.

„Fandst du das gut?“ will Sadiq wissen. „Hat dir das Spaß gemacht?“

„Ja“, sagt er. Mehr aber nicht.

Nachdem sie nach Huchting zurückgekehrt sind, vergeht einige Zeit, ohne dass sie über das Erlebnis in Bielefeld noch einmal sprechen. Katja und Sadiq wissen nicht, ob Denis kein Interesse mehr daran hat oder insgeheim die Erfahrung verarbeitet. Doch eines Tages ist es soweit: „Gibt es bei uns eigentlich auch einen Waschsalon?“, will er wissen.

„Keine Ahnung“, sagt Sadiq. Er hat es bisher vermieden, sich mit der Frage zu beschäftigen. „Bestimmt. Ich kann ja mal im Internet nachschauen.“

Während von Denis' Notebook die Geräusche eines Schleuderganges herüberdringen, öffnet sein Vater den Browser des Smartphones und gibt die Begriffe ‚Waschsalon‘ und ‚Huchting‘ ein. Eigentlich gibt es nur zwei, die in Frage kommen: einen im Roland-Center und einen weiteren in der Heinrich-Plett-Allee, der gleichzeitig ein Bistro ist. Sadiq hat keine Ahnung, wie das konkret aussehen soll, wenn ein Waschsalon gleichzeitig ein Bistro ist, aber das kann man ja bei Gelegenheit herausfinden. Er behält dieses Wissen erst einmal für sich. Wer weiß schon, wozu das noch nützlich sein kann?

Dann kommt der Sommer und mit ihm zwei Dinge, die Denis hasst: Hitze und Helligkeit.

Während draußen die Welt in Wärme und gleißendes Licht getaucht ist, während Menschen sich in der Sonne aalen und Eis essen und auf den Huchtinger Spielplätzen Kinderstimmen in allen möglichen Sprachen durcheinander plappern und lachen, bleibt Denis mürrisch im dunklen Wohnzimmer hocken, wütend darüber, dass er nicht seine Lieblingsminiwaschmaschine, die Superwash2000, im Internet anschauen darf, weil seine dreißig Minuten für heute schon verbraucht sind. Alles Flöten und Locken hilft nichts, Denis will nicht vor die Haustür gehen.

Da hat Katja eine Idee: „Soll ich vielleicht mal mit dir in den Waschsalon gehen?“ fragt sie.

In sein versteinertes Gesicht kehrt Leben zurück. „Waaaas?“, sagt er.

„Ob du gerne in den Waschsalon willst. Wir können da mit dem Bus hinfahren.“

„Echt?“

„Ja, echt!“

„Und finden wir dann den Weg auch wieder zurück?“

„Ja klar. Das ist überhaupt kein Problem.“

Pause.

„Hast du Lust?“

Pause.

„Ja.“

Stunden später kehren sie zufrieden zurück. Denis geht, nachdem Sadiq die Wohnungstür geöffnet hat, wortlos an ihm vorbei, zieht die Schuhe im Flur aus und setzt sich auf seinen Lieblingsplatz auf dem Teppich des Wohnzimmers.

„Und, wie war's?“, fragt Sadiq seine Frau.

„Toll!“ Sie grinst. „Ich habe einen Kaffee getrunken und gelesen, Denis hat ein Eis gegessen und Waschmaschine gekuckt. Und das Beste ist: Die Trockner haben auch Glastüren! Und keiner wundert sich über uns. Alle denken, wir warten auf unsere Wäsche.“

Sadiq stimmt in ihr Lachen mit ein und klatscht sie anerkennend ab. Mit diesem Erfolg haben sie ein Premium-Ausflugsziel hinzugewonnen, mit dem sie Denis nicht nur vor die Haustür locken können, sondern an dem sie auch noch den Anschein erwecken, sie seien eine ganz normale Familie.

Weißt du noch?

Charly schraubt seine Posaune auseinander und legt Schallstück, Zug und Mundstück in die Aussparungen des Koffers. Es ist viertel nach eins. Er schließt den Deckel und lässt die Schlösser zuschnappen.

„Mach's gut, Frank", sagt er, als er am Tresen vorbeigeht, und hebt zum Abschied die Hand.

Frank trocknet gerade ein Bierglas ab. Die Falten in seinem Gesicht werfen tiefe Schatten, als er grinst. „Ciao! Du warst mal wieder super. Bis nächsten Donnerstag."

„Weiß nicht", sagt Charly, die Hand schon an der Tür, „vielleicht mach ich mal ne Pause. Morgen früh steh ich wieder im Laden und krieg nichts auf die Reihe."

Frank grinst breiter, ohne vom Glas in seinen Händen aufzusehen, und zieht die Augenbrauen hoch.

„Die Open Stage ohne dich? Glaubst du doch selber nicht!"

„Nee, tu ich nicht. Wir sehen uns." Damit drückt er die Tür auf und tritt hinaus in die Nacht.

Einen Moment bleibt er stehen und atmet die frische, milde Luft ein. Noch immer schlendern erstaunlich viele Menschen durch die Straßen des Bremer Viertels.

Er setzt sich in Bewegung, vorbei am Café Engel und am Theater, biegt an der großen Kreuzung nach rechts ab und schließt wenig später seinen alten Skoda Roomster auf, den er Am Wall geparkt hat.

Normalerweise würde er auf direktem Weg zur Bundestraße fahren. Aber Charly ist noch nicht müde, deshalb fährt er auf die Weser zu, überquert die Wilhelm-Kaisen-Brücke und lässt dann die stillen dunklen Häuser der Neustadt an sich vorbeiziehen. Erst als er auf die Neuenlander Straße trifft, biegt er wieder ab und nimmt die Auffahrt der B 75 Richtung Delmenhorst.

Als er sie verlässt, widersteht er der Versuchung, einen Zwischenstopp bei Burger King einzulegen, und fährt die Kirchhuchtinger Landstraße bis zur Haferflockenkreuzung nach Süden durch. Dort angekommen, stellt er das Auto in einer der Garagen ab, die sich am Fuß des großen Wohnblocks befinden, und schließt wenig später die Haustür auf.

Während er durch das Treppenhaus nach oben schleicht, achtet er darauf, dass der Posaunenkoffer nirgendwo an die Wand stößt, um die Nachbarn nicht zu wecken. Dann zuckt er erschrocken zusammen.

Am Ende eines Flures, direkt vor seiner Wohnungstür, hockt Thida. Sie umfängt die Knie mit den Armen, hat Kopf und Schulter an den Rahmen gelehnt und schläft. Ihre glatten dunklen Haare verbergen zwar einen Teil ihres Gesichtes, doch die Augen sind zu sehen. Die Wimperntusche ist verwischt. Sie hat geweint.

Er kniet sich vor sie auf den Boden und berührt mit der Hand ihre Schulter.

„Hey“, flüstert er.

Sie atmet tief ein, öffnet die Augen und lächelt ihn an.

„Heeey“, schnurrt sie, „hast du für mich noch ein Plätzchen frei?“

„Habt ihr euch gestritten?“

„Jaaaa, er ist mal wieder bei seiner anderen.“

„Und was ist mit Dalika?“

„Die ist auf Klassenfahrt. Lässt du mich rein? Bitte!“

„Ich halte es zu Hause nicht aus!“

Charly steht auf, wobei sein rechtes Knie hörbar knackt. „Geh mal zur Seite. Hast du Hunger?“

„Nee. Hast du n Bier?“

„Klar. Komm rein.“ Er schließt auf. Sie betreten seine Wohnung.

Über dem Tresen der Wohnküche flammen Halogenlampen auf, als er auf den Schalter drückt. Charly holt ein Beck's aus dem Kühlschrank, öffnet die Flasche und reicht sie ihr.

„Danke.“

Er wendet sich ab und ordnet einen Stapel Whiskey-Kataloge. „Lass das!“, sagt er.

„Was denn?“

„Das weißt du ganz genau.“

„Nee, ich glaub nicht.“ Sie klingt amüsiert.

Er stöhnt und reibt sich das Gesicht. Dann sieht er sie an und versucht, möglichst genervt zu klingen. „Du flirtest.“

„Na und?“ Ihre dunklen Augen blitzen, genau wie die weißen Zähne.

„Komm schon …“ Er lässt sich neben sie auf die Couch fallen. „Ich muss in ein paar Stunden wieder raus und bin echt im Arsch. Lass es einfach, okay?“

Sie lehnt sich zurück. Ihre Schultern berühren sich. „Willst du, dass ich wieder gehe?“

Er neigt den Kopf in ihre Richtung und sieht sie von der Seite an. „Nee. Aber wir machen keinen Quatsch! Okay?“

„Okay.“

Er fährt sich mit der Hand durch das dunkle, längliche Haar, das sich an der Stirn zu lichten beginnt. „Ehrlich, Thida. Ihr müsst irgendwie eure Beziehung auf die Reihe kriegen. Schon allein für Dalika. Das ist doch scheiße so!“

„Erzähl das mal Riko!“ Es bricht aus ihr hervor. So wie immer. Deshalb überrascht es ihn nicht. „Ich tu echt *alles* dafür, damit das mit uns irgendwie hinhaut!“

„Ich weiß“, sagt Charly, „ich weiß. Hast ja recht. Riko ist echt ein Idiot.“

„Aber hallo! Du glaubst doch nicht im Ernst, dass wir ohne Dalika noch zusammen wären!“

Sein Einlenken beschwichtigt sie etwas. Sie wird ruhiger. Dann fängt sie an zu weinen.

‚Was soll ich machen?‘, denkt er. ‚Neben mir sitzt die Frau, die ich liebe, und weint. Was soll ich machen?‘

Sanft legt er seinen Arm um ihre zierlichen Schultern und zieht sie an sich. Sie lässt sich gegen ihn sinken, und so verharren sie, während er ihrem Schluchzen lauscht und dem gelegentlichen Motorbrummen, das von der Straße zu ihnen heraufdringt.

Dann kommt ihm eine Idee. „Ich zeig dir mal was“, sagt er.

Sie holt ein Papiertaschentuch aus der Tasche ihrer Jeans, trocknet sich die Augen und zieht die Nase hoch. „Was denn?“

„Hast du Höhenangst?“

„Das weißt du doch ganz genau.“ Und als sie seinen ratlosen Blick sieht: „Nein, hab ich nicht!“

„Okay.“ Er steht vom Sofa auf, hat einen Rucksack in der Hand und steckt vier Flaschen Bier aus dem Kühlschrank hinein.

Sie beobachtet ihn misstrauisch. „Was wird das denn? Gehen wir wandern?“

„Nee, klettern.“ Sein Grinsen erinnert sie an die alten Zeiten: als sie noch jung waren und zu dritt durch die Bremer Kneipen zogen, als sie in Charly verliebt war und sich dann doch für Riko entschied, weil sie von ihm schwanger war. „Komm mit“, fordert er sie auf, als sie keine Anstalten macht, sich zu bewegen. Er ist schon an der Wohnungstür und wartet auf sie. „Aber sei leise“, fügt er flüsternd hinzu, „wir wollen die Nachbarn nicht wecken.“

Auf Strümpfen huschen sie durch das Treppenhaus nach oben. Auf der obersten Plattform gibt es nur noch eine Metalltür, die verschlossen ist. Direkt daneben an der Wand hängt eine Leiter aus Aluminium.

„Und jetzt?“, fragt Thida. Sie weiß nicht recht, ob sie wirklich Lust hat auf ein Abenteuer.

Behutsam hebt Charly die Leiter vom Haken und schiebt sie Stück für Stück auseinander.

Thida sieht nach oben und entdeckt ein Oberlicht. „Du bist verrückt!“, haucht sie, worauf er nur grinst. Endlich hat das obere Ende der Leiter die Luke erreicht und lehnt am Rahmen.

„Komm hinter mir her“, flüstert er. „Aber sei leise!“ Er steigt auf die ersten Sprossen, lächelt ihr noch einmal ermutigend zu und klettert dann bis ganz nach oben, wo er sich an dem Oberlicht zu schaffen macht und es schließlich aufstößt.

Es knarrt laut. Das Geräusch hallt durch das Treppenhaus. Charly und Thida erstarren. Dann klickt es leise, und das Licht erlischt.

„Fuck“, zischt er. „Siehst du irgendwo den Schalter?“

„Nein“, wispert sie zurück.

„Egal, komm mir einfach nach.“

„Aber Charly, ich… Charly, das ist doch verrückt, ich…“

„Komm mir einfach nach“, wiederholt er nur. Dann verschwinden seine Beine durch die Öffnung in der Decke. Sekunden später taucht sein Gesicht wieder auf. „Komm schon!“

Sie nimmt all ihren Mut zusammen und klettert hinter ihm her. Als sie den Kopf durch die Öffnung steckt, schlägt die Uhr der St. Georgs-Kirche von sehr weit weg halb irgendwas, wahrscheinlich drei. Die Oberfläche der rauen Teerpappe drückt sich in ihre Handflächen, als sie auf allen vieren ins Freie krabbelt. Sie ist noch warm.

Thida richtet sich auf und sieht sich um. Sie steht auf dem Flachdach eines kleineren Teils des Gebäudes, das sich über das größere Dach des Hauses erhebt. Unten liegt die Haferflockenkreuzung verlassen da, von den Straßenlaternen gelblich beschienen. Die Dächer der umliegenden kleineren Gebäude und Einfamilienhäuser heben sich schwarz vom Schein schwacher Lichter ab. Aber rechter Hand strahlt der stille Flughafen die wenigen Wolken hell an und noch weiter dahinter sieht sie die Stadt leuchten. Ein sanfter Wind streicht über ihre Haut und bringt den Duft der umliegenden Gärten mit.

Charly hat es sich auf einem von zwei Liegestühlen bequem gemacht, die gefährlich nah am Rand des Daches stehen. Er hält ein Bier in der Hand und winkt ihr mit einem anderen zu.

„Komm“, sagt er, „setz dich.“

Sie nähert sich vorsichtig. „Hast du die hier hingestellt?“

„Klar. Ich komm hier manchmal nach der Arbeit rauf, um mich noch ein bisschen zu entspannen. Schön, oder?“

„Herrlich!“ Sie setzt sich, nimmt das angebotene Bier und trinkt einen großen Schluck. Dann genießen sie den Ausblick.

„Weißt du noch?“, fragt sie irgendwann.

„Was?“, will er wissen, aber er ahnt schon, was sie meint.

„Unsere Nacht. Nach dieser Party.“

Er lässt sich Zeit mit der Antwort. „Ach ja“, sagt er. „Ja klar.“

„Du warst so besoffen!“ Sie kichert.

„Das war ja auch alles total bescheuert! Oktoberfest in Norddeutschland, so ein Schwachsinn! Ich *musste* saufen, sonst wär ich verrückt geworden!“

„Und auf der Fahrt nach Hause hast du dauernd auf die Hupe gedrückt.“

Er muss auch ein bisschen lachen. „Und hab das witzig gefunden."

„War es ja auch", sagt sie und streicht ihm mit der Hand über die Schulter. Sie lehnt den Kopf an die Rückenlehne des Liegestuhls, wendet sich ihm zu und lächelt. „Mann, waren wir jung!"

„Tja. Lange her." Er sieht sie nicht an, sondern richtet seinen Blick auf den Fernsehturm, der jenseits der Weser die Bremer Dächer überragt.

„Ich denke trotzdem immer mal wieder daran zurück. Du nicht?"

„Doch", gibt er zu, „manchmal schon."

„Und was denkst du dann?"

Er zuckt mit den Achseln. „Was meinst du?"

„Na ja, denkst gerne daran zurück, oder ist es dir unangenehm?"

Um Zeit zu gewinnen, trinkt er und sagt dann: „Nee, unangenehm ist es mir eigentlich nicht."

„Bereust du es?"

„Das Einzige, was ich bereue, ist, dass ich zu betrunken war, um es richtig zu genießen", denkt er, spricht es aber nicht aus. Stattdessen sagt er: „Nein, das wär doch blöd. Warum sollte man irgendwas bereuen? Das ist ein Teil unseres Lebens, oder?"

„Tja", sagt sie kurz und blickt jetzt auch wieder in die Ferne.

„Und du?", fragt er dann schließlich.

„Ich fühl mich manchmal schlecht, wenn ich daran zurückdenke."

„Wieso?" Er richtet sich in seinem Liegestuhl auf und sieht sie jetzt endlich an.

Sie pult am Etikett der Flasche herum. „Weil du nicht zum Höhepunkt gekommen bist. Ich werde das Gefühl nicht los, dass das an mir gelegen hat."

„Thida!“ Wenn es nicht so dunkel wäre, könnte sie sehen, dass er rot wird. „Quatsch! Das hat doch mit dir nichts zu tun! Wenn ich betrunken bin, funktionieren bei mir irgendwelche Synapsen nicht mehr richtig. Keine Ahnung. Das war schon immer so. Das ist ganz allein mein Problem und nicht deins!“

Sie leert das Bier in einem Zug, rülpst leise und muss kichern. „Echt?“

„Ganz sicher! Ich fand … ich fand die Nacht damals richtig schön. Okay“, gibt er dann zu, „ein bisschen schlecht habe ich mich auch gefühlt, weil du ja mit Riko zusammen gewesen bist. Hast du ihm das eigentlich erzählt?“

„Nein. Werde ich auch nicht.“

„Gut.“ Er nimmt ein weiteres Bier aus dem Rucksack, öffnet es und lehnt sich wieder zurück.

„Ich würde das gerne nochmal machen“, sagt sie.

Er atmet tief ein und lässt die Luft hörbar wieder herausströmen. „Wir wollten doch keinen Quatsch machen.“

„Ach, Charly, was soll's! Riko ist bei seiner Tussi. – Wem tut das denn schon weh, wenn wir auch mal an uns denken?“

„Ich kann das nicht“, sagt er. „Tut mir echt leid, aber das geht nicht. Er ist immer noch mein Freund. Er ist immer noch mein Geschäftspartner. Morgen stehen wir wieder beide zusammen im Laden …“

„Ich bin dir zu alt!“

„Das stimmt nicht! Das ist nicht der Grund, ehrlich!“

„Sondern?“

Er ringt nach Worten. „Wir … wir haben uns verändert.“

Sie lacht höhnisch auf. „Sag ich doch!“

„Nein, nein, so meine ich das nicht! Wir … wir sind anders. Die Welt ist anders. Seit damals, meine ich. Wir können nicht einfach so tun, als wären wir immer noch Mitte zwanzig.“

„Und wieso? Nur, weil wir ein paar Falten mehr haben? Nur, weil die Haut tiefer hängt? Dein Bauch war auch schon mal flacher. Das weißt du, oder?“

„Und ob ich das weiß!“, schnaubt er. „Aber das meine ich doch gar nicht.“ Er versucht es nochmal: „Du hast doch jetzt Dalika!“

„Ja und?“

„Na ja: Es gibt eine Welt mit Dalika und eine Welt *ohne* Dalika!“ Sie sieht ihn ratlos an, aber er kann erkennen, dass sie immerhin versucht, ihn zu verstehen, deshalb gibt er nicht auf. „Die Welt *ohne* Dalika ist eine andere Welt als die *mit* Dalika. Die ganze Welt hat sich verändert. Und zwar zum Guten, verstehst du, das ist toll! Aber wir können nicht einfach wieder zurück. Wir sind weitergegangen. Alles ist weitergegangen.“

„Und Riko? Der macht, was er will!“

„Riko ist ein Arsch. Aber ich rede jetzt von uns.“

Sie sieht ihn an. Dann sagt sie: „Ich hab immer an dir gemocht, dass du anders bist. Ich fand das süß. Aber ich glaub, das ist auch der Grund, warum ich am Ende bei Riko gelandet bin.“

Er nickt, erwidert aber nichts.

Mühsam steht sie von ihrem Liegestuhl auf. „Ich hab dich vielleicht nicht so richtig verstanden. Aber ins Bett muss ich jetzt trotzdem.“

„Soll ich dich nach Hause bringen?“

„Du hast doch gesagt, ich kann bei dir schlafen.“

„Kannst du auch. Ich hab nur gedacht – nach diesem Gespräch …“

„Schon gut.“ Sie küsst ihn auf die Wange. „Das hab ich dann doch kapiert.“

Er hilft ihr beim Einstieg in die Luke. Wenig später schleichen sie die Treppen hinab zur Wohnung, und sie muss aufpassen, dass sie nicht loskichert.

Als sie sich auf seinem Schlafsofa zusammenkuscheln, haucht er einen Kuss auf ihre Stirn. „Kann sein, dass ich schnarche."

„Weiß ich", murmelt sie. „Vor allem, wenn du getrunken hast."

Drei Freunde up'n Swutsch

Als die Sportschau zu Ende ist, ist noch ziemlich viel Bier übrig. Deshalb beschließen Sönke und Franco, noch nicht nach Hause zu gehen, sondern den Abend bei Jens zu verbringen und das Aus im DFB-Pokal zu verarbeiten.

„Mit so vielen Gegentoren wird das nix mit Europa“, sagt Sönke und öffnet eine Flasche mit dem Feuerzeug.

„Kuck ma hier“, sagt Franco. Er verkantet den Kronkorken einer noch geschlossenen Flasche an den unteren Schneidezähnen. Es zischt, als er den Verschluss aufbeißt.

„Das machst du noch ein paar Mal und dann brauchst du neue“, ermahnt ihn Jens. „Zähne, mein ich.“

„Quatsch“, sagt Franco und trinkt.

„Nee, ehrlich“, sagt Sönke. „Die packen das nicht diese Saison. Wie das schon wieder losgeht. Und wenn der Trainer das nicht endlich mit den Gegentoren in den Griff kriegt, dann war's das sowieso. Dann spielen wir höchstens noch gegen den Abstieg.“

„Das macht den Zahnschmelz kaputt“, sagt Jens. „Auf Dauer halten deine Zähne das nicht aus.“

„Quatsch“, sagt Franco und nimmt einen weiteren großen Schluck. „Und was macht ihr morgen so?“

„Nichts“, sagt Jens. „Esther und die Kinder sind in Hamburg. Familienfeier.“ Er macht eine finstere Miene.

„Ist doch gut“, sagt Sönke. „Sturmfreie Bude.“

„Na ja, wir haben uns gestritten. Sie wollte, dass ich mitkomme. Aber das halt ich nicht aus. Ihr Vater hat mich auf dem Kieker."

„Wieso?", fragt Franco.

„Er findet es unmöglich, dass Esther arbeitet und ich zu Hause bleibe. Er meint, das gehört sich nicht. Ich soll gefälligst arbeiten, meint er."

„Du arbeitest doch", sagt Sönke.

„Ja, aber das Falsche. Und außerdem verdiene ich zu wenig."

„Ja gut...", sagt Franco und guckt zur Decke. „Wenn du mit Fotos-machen Geld verdienen willst, musst du schon nach Syrien oder Afghanistan. Mit Hochzeiten-knipsen haut das wohl nicht hin, oder?"

„Und wie sieht Esther das?", fragt Sönke.

„Die findet das okay. Die arbeitet gerne. Vergiss es, halb so wild." Jens greift in die Kiste und holt eine Flasche heraus. „Und ihr?"

„Garten", sagt Sönke. „Der Parzellennachbar hat gemeckert. Müssen mal wieder was machen. Zum Kotzen!" Er setzt sein Bier an und leert es in einem Zug. „Und du, Franco?"

„Dienst. Ich hab morgen ne Tür in Schwanewede. Große Schlagerparty aufm Land. Ich glaub, das überleb ich nur mit ganz viel Alkohol."

„Hm", sagt Sönke, „ich glaub, die Türsteherei ist immer noch spannender als unser Programm. Da passiert wenigstens was!"

„Nee", sagt Franco, „so viel passiert da nicht. Ein paar Besoffene vielleicht, die Stress machen. Aber wenn du denen deutlich sagst, wo's langgeht, dann machen die das auch. Kann höchstens sein, dass n Araber mal wieder n Messer zieht. Aber das ist schon länger nicht mehr vorgekommen." Jens und Sönke schweigen beeindruckt. „Ach, wadde mal", sagt Franco, „ich hab doch noch n Wodka. Der wird ja schlecht, wenn der hier so rumliegt."

Er klettert mühsam aus dem Sessel, kramt in seinem Rucksack herum und holt eine Flasche heraus.

„Ist das nicht rassistisch?", sagt Jens. „Wieso sollen denn nur Araber Messer ziehen?"

„Keine Ahnung", sagt Franco. „Sind halt meistens Araber. Oder meinetwegen Südländer. Schwarzköppe halt." Er holt drei Schnapsgläser aus Lehnhoffs Vitrine, stellt sie auf den Tisch und schenkt ein.

„Wollen wir noch n bisschen an die Ochtum?", schlägt Sönke vor. „Schön warm heute."

„Gute Idee", sagt Franco. „Prost!" Er hebt sein Glas und stürzt den Wodka hinunter. Die anderen machen es ihm nach.

„Aber das Bier ist noch nicht alle", sagt Jens. Der Alkohol macht sich bemerkbar. Und der Gedanke, noch einmal loszuziehen, bereitet ihm Mühe.

„Das nehmen wir mit, kein Problem!", sagt Franco. „Aber vorher kriegt jeder noch n Kurzen." Er füllt die Gläser erneut, und alle drei werfen die Köpfe in den Nacken.

Wenig später stehen sie in der Einfahrt vor dem Haus. Die Lehnhoffs wohnen in der Kielkämpe, einer hübschen kleinen Straße im Norden Huchtings, nicht weit entfernt vom Fluss und der ihn umgebenden Parklandschaft. Franco und Sönke halten jeweils ein Ende des Bierkastens und Jens die Wodkaflasche, die er wie ein Baby an sich schmiegt, um sie ja nicht fallen zu lassen. Er hofft, dass gerade keiner der Nachbarn aus dem Fenster schaut.

Die knapp 500 Meter zum Fluss sind beschwerlich, denn der Tag ist schwül und heiß gewesen, auch wenn die Temperaturen jetzt milder sind. Die hohe Luftfeuchtigkeit treibt ihnen den Schweiß aus den Poren und der Alkohol trägt seinen Teil dazu bei. Endlich erreichen sie das Gewässer, stellen den Kasten ab und lassen sich ins Gras fallen.

„Ich schwitz wie ne Sau", sagt Sönke. „Ich geh schwimmen." Er zieht sich aus und watet nackt ins Wasser.

„Das würde ich nicht machen", sagt Jens. „Wenn man Alkohol getrunken hat, kann das gefährlich sein!"

„Quatsch", sagt Franco, „was soll denn passieren?" Auch er steht bereits nackt da und folgt Sönke. „Wir gehen ja nicht tief rein, nur n bisschen", sagt er über die Schulter. „Los, komm schon."

„Und bring Bier mit", ruft Sönke. „Hab ich vergessen." Das Wasser reicht ihm schon bis zur Brust. „Aaah, herrlich!" Er reckt die Arme in die Höhe und hüpft auf der Stelle. „Ist herrlich!"

„Geh mal weg, ich muss pissen", sagt Franco.

Sönke entfernt sich hastig. „Komm schon", ruft er dann Jens zu, „und bring das Bier mit."

Jens zögert und blickt den Deich hinauf und hinunter. Weder Spaziergänger noch Fahrradfahrer sind zu sehen. Also gibt er sich einen Ruck und schält sich aus seiner klebrigen Jeans. Als er sich das T-Shirt über den Kopf zieht, hört er Stimmen. Zwei Frauen gehen mit einem Hund spazieren. Ihr Weg führt sie nur knapp zehn Meter an der Stelle vorbei, an der die Männer baden. Zu Jens' Bedauern sind sie jung und attraktiv. Er zieht seinen Bauch ein und versucht möglichst nicht aufzufallen.

„Hey Mädels!", ruft Franco. „Kommt doch rein! Wir ham Bier und gute Laune."

Die Frauen sehen zu ihnen herüber und lächeln verächtlich. Jens will vor Scham im Boden versinken, bemüht sich aber, trotz grellroter Boxershorts und milchweißer Haut einen souveränen Eindruck zu machen.

„Nee, danke", sagt eine der Frauen. Dann lachen sie. Jens scheint es, als würden sie jedes Mal zu ihm herübersehen, bevor sie erneut losprusten. So würdevoll er kann, flüchtet er sich zu den anderen in den Fluss, während Sönke einen weiteren Überredungsversuch unternimmt.

„Falls ihr nicht wisst, was ihr tragen sollt: Das ist kein Problem. Ihr könnt nackt baden. Wir haben auch nichts an."

Franco lacht wiehernd und lässt sich rücklings ins Wasser fallen. Die Antwort der Frauen geht im lauten Platschen unter, dann haben sie sich auch schon abgewandt und gehen davon.

„Du Idiot, du hast das Bier vergessen", sagt Sönke zu Jens. Er watet mit weit ausholenden Armbewegungen zum Ufer und kommt mit drei geöffneten Flaschen wieder zurück.

Später sitzen sie im Gras und warten darauf, dass ihre Haut trocknet. Das dauert lange, denn die Sonne ist schon untergegangen, und die Luft kühlt sich erstaunlich schnell ab. Jens' Knöchel verfärben sich bläulich. Er hat eine Gänsehaut und ärgert sich, dass er seine Shorts nicht ausgezogen hat. Deren nasser Stoff klebt am Gesäß und zwischen den Beinen.

„Scheiße, mir wird kalt", sagt Franco. Er steht auf und zwängt sich in seine Kleider. „Lass mal nach Hause gehen."

„Da is noch Bier", lallt Sönke.

„Dann machen wir halt n Umweg durch die Parzellen." Jens steht auf, zieht endlich seine Unterhose aus und hängt sie an den Ast eines Baumes. Dann streift er sich die Jeans über das nackte Gesäß und fühlt sich besser.

„Was soll das denn sein?", lacht Sönke. „Lässt du die hier zum Trocknen, oder was?"

„Ist doch egal", sagt Jens, „das Teil klebt." Er bückt sich, greift nach dem Kasten und fällt beinahe dabei um.

„Wadde ma!", sagt Franco und hält die Wodkaflasche hoch. „Hier ist noch eine Runde drin." Er schraubt den Verschluss auf, setzt die Flasche an den Mund und reicht sie an Jens weiter. Der nimmt einen kräftigen Schluck.

Sönke leert sie schließlich und wirft sie im hohen Bogen ins Wasser. „Das hätten wir schon mal", sagt er. „Dann mal los, sonst werden wir nie fertig." Er hebt den Bierkasten gemeinsam mit Jens hoch. „Nee, nich da lang", ruft er und zerrt Kasten und Jens hinter sich her, „da sieht mich mein Parzellennachbar. Wir gehen über den Wardamm!"

Ihr Weg führt sie unter den Bahngleisen hindurch und dann am Recyclinghof und dem Flüchtlingswohnheim vorbei. Es ist dunkel geworden. Die Lichter und Neonschilder der Firmen erhellen die Straße mehr als die Straßenlaternen, die dem schwarzen Asphalt ins Innere des Stadtteils folgen.

Schließlich geht es zurück auf die andere Seite der Gleise. Direkt hinter dem Bahnübergang führen die Stufen eines Fußweges in die Kielkämpe. Doch als die anderen sie hinabstolpern wollen, bleibt Jens scharf stehen, sodass Sönke beinahe der Kasten aus der Hand gerutscht wäre, und blickt unverwandt auf das Gebäude, das direkt gegenüber auf der anderen Straßenseite liegt.

Bis vor kurzem hat hier eine Klitsche gestanden, in der ein Schrauber gebrauchte PKWs und Ersatzteile verkauft hat. Doch das Geschäft ist abgerissen worden. An seiner Stelle befindet sich jetzt ein brandneues Autohaus aus Glas und Stahl, das sich auf teure und luxuriöse Modelle spezialisiert hat. Die neuen Besitzer sollen ein libanesischer Clan sein, heißt es. Aber niemand weiß etwas Genaues.

„Lass mal Pause machen", schnauft Jens.

„Wieso Pause?", sagt Franco. „Wir sind doch gleich da."

„Nee, trotzdem", sagt Jens. Er lässt den Kasten los, geht über die Straße und setzt sich mitten in die Zufahrt des Autohauses. Sönke lässt sich flaschenklirrend neben ihm auf die Steinplatten fallen. Franco stellt sich zu ihnen.

„Und jetzt?", sagt er.

„Jetzt kuck dir das mal an“, sagt Sönke. „Meingottnochmal!“

Das Gebäude ist hell erleuchtet und bedrohlich still. Niemand ist zu sehen. Wie sprungbereite Raubkatzen kauern die Wagen vor ihnen auf den blanken Fliesen des Ausstellungsraumes.

„Meingottnochmal!“, sagt Sönke wieder.

„Scheiß Poser“, sagt Franco irgendwann. „Weißt du, was das für Penner sind, die solche Karren fahr'n? Soll ich dir das mal sagen? Die stehen morgen wieder alle bei mir an der Tür und machen einen auf dicke Hose.“

„Fahr damit mal über die Schwellen in der Hermannsburg“, sagt Sönke. „Mach das mal! Oder über die Schienen in Grolland. Da schrabbst du dir die komplette Ölwanne auf! Echt jetzt!“

Jens öffnet die letzten drei Flaschen und reicht jedem eine. „Will doch sowieso keiner haben, so n Teil“, meint er. „Da passt doch nix in den Kofferraum.“

„Bei dem Maserati da schon“, sagt Franco.

„Ja, pfff“, macht Jens.

„Die komplette Ölwanne!“, sagt Sönke.

Dann trinken sie und sagen eine Weile lang nichts.

„Ich zeig dir mal, was ich von diesen Typen halte“, sagt Franco. „Kuck ma hier.“ Er zieht die Hosen runter und streckt seinen Hintern in Richtung der Autos. „Da“, sagt er, „das halte ich von diesen Typen.“

Sönke lacht. Auch er lässt die Hosen fallen, stolpert zum Schaufenster und reibt seine Pobacken am Glas hin und her. „Da“, schreit er, „das halt ich von euch! Kuck mal hier!“

Jens lacht auch. Er sitzt noch immer neben dem Bierkasten. Plötzlich steht er auf und geht entschlossen, wenn auch schwankend, auf den Eingang des Autohauses zu. Vom Boden führen rechts und links diagonale Verstrebungen hoch zum gläsernen Vordach. Sie sind dick wie Fahnenstangen und bilden oben, wo sie sich berühren, einen Giebel. Ein Neonschild mit der Aufschrift ‚Autohaus Rahman' prangt an der Front des Daches.

Ohne lange nachzudenken, umfasst er eine der Metallstangen mit beiden Händen, setzt einen Fuß auf das Metall und zieht sich in die Höhe. Dann macht er einen weiteren Schritt, setzt die Hände um und zieht sich noch höher.

Das ist so eine Marotte von ihm: Immer, wenn er in der Stadt spazieren geht, taxiert er die Fassaden der Gebäude und stellt sich die Frage, an welchen Stellen man sich wohl festhalten, auf welche man seinen Fuß setzen müsste, um daran hochklettern zu können.

Er hat es natürlich noch nie versucht. Selbst in einer Kletterhalle ist er nie gewesen. Es ist nur eine Spielerei, eine theoretische Herausforderung, die er sowieso nicht annehmen wird.

Doch jetzt sind die schräg stehenden Stangen zu verlockend. Der Alkohol macht ihn leichtsinnig. Und so zieht er sich in die Höhe wie ein Kokosnusspflücker, der den Stamm einer Palme hinaufklettert. Als er die Hälfte des Weges zurückgelegt hat, hören Franco und Sönke mit ihrem dämlichen Spiel auf und schauen anerkennend, aber auch etwas zweifelnd zu ihm hoch.

„Heey!", johlt Sönke. „Was machst du denn da, du Verrückter?"

„Ich zeig euch mal", schnauft Jens, „was ich von diesen Typen halte, diesen Halsabschneidern. Das zeig ich euch jetzt mal!" Er klettert weiter, erreicht das Vordach und stellt sich auf ein Sims, das gerade breit genug ist, um darauf stehen zu können.

„Mach kein Scheiß!", sagt Franco. Er ist ernst geworden und schaut besorgt mal zu Jens und mal zur Straße. „Mach jetzt kein Scheiß. Komm da lieber runter, Jens, bevor noch was passiert!"

„Quatsch", sagt Jens. „Jetzt zeig ich euch mal, was ich von denen halte. Die können hier auch nicht einfach machen, was sie wollen." Er öffnet die Hose. „Das hier halte ich von denen." Sein

Strahl ergießt sich auf das Vordach und läuft an der gläsernen Fassade herunter.

Sönke johlt erneut, und auch Franco muss lachen. „Ja!“, ruft er und reckt sein Bier in die Höhe. „Zeig's ihnen, diesen Halsabschneidern!“

Jens lacht auch. Er fühlt sich gut, wie er da oben steht, irgendwie mächtig. Als wäre er aus einem zu engen Leben herausgeklettert. Doch dann wird sein Lachen zu einer starren Maske. Eine weitere Person hat sich zu ihnen gesellt und sieht sie irritiert an. Es ist die Klassenlehrerin seines Sohnes, Frau Schmuck.

Seit sie die Klassenleitung übernommen hat, bringt Jens Sebastian freiwillig zur Schule. Sie ist keine dreißig Jahre alt, hat ein schönes Gesicht mit einer schlanken Nase, blauen Augen und blonde glatte Haare, die etwa bis zum Kinn reichen. Außerdem hat sie wunderschöne Beine und einen knackigen Po.

Zwei Wochen hat es gedauert, bis sie endlich Jens' Begrüßungen erwidert, und weitere sechs Wochen, bis sie ihm bei einer zufälligen Begegnung auf dem Flur der Schule ein freundliches Lächeln geschenkt hat. Jens träumt von ihr, wie er vom Klettern träumt: als einer theoretischen Herausforderung, die er niemals annehmen wird.

Nun steht sie da und erkennt in dem Mann, der mit offener Hose auf dem Vordach des Autohauses steht, den Vater ihres Schülers.

„Herr Lehnhoff?“, sagt sie. „Was machen Sie denn da?“

Als sie später durch die Kielkämpe schlingern, schüttet sich Sönke immer noch aus vor Lachen und wiederholt immer wieder diesen einen Satz: „Herr Lehnhoff, was machen Sie denn da?“

„Und?“, sagt Franco zu Jens, als sie vor dem Haus der Lehnhoffs stehen. „Was stellst du morgen mit deinem freien Tag an?“

„Jetzt, wo ich gerade gestorben bin?" Jens zuckt die Achseln. „Das ist ja wohl sowas von egal!"

„Ist der Ruf erst ruiniert", lallt Sönke, „lebt es sich ganz ungeniert!"

„Viel Spaß beim Gärtnern!", sagt Jens, ohne eine Miene zu verziehen.

„Arschloch", erwidert Sönke. „Bis nächsten Samstag."

Als Franco zum Abschied winkt und Sönke in Richtung Alte Heerstraße folgt, geht Jens ins Haus, schließt die Tür und wappnet sich für alles, was ab morgen auf ihn zukommen mag.

Wie aus dem Nichts

Der Tag beginnt wie alle anderen. Papa und Mama schlafen lang und stehen erst gegen acht auf. Nasrin ist dann schon lange wach. Obwohl sie morgens ganz dringend pinkeln muss, bleibt sie meistens im Bett liegen. Sie hasst es, über den Hof zu den Gemeinschaftstoiletten zu gehen. Bis vor einigen Tagen ist es noch okay gewesen, da war der September noch trocken und warm. Aber jetzt werden die Nächte kühler und morgens ist alles nass und kalt. Und überhaupt mag sie es nicht, sich mit anderen ein Bad zu teilen.

Außerdem weiß sie gar nicht, was sie machen soll, wenn sie vor den anderen aufsteht. Sie hat kaum Spielsachen oder Bücher, und die, die sie hat, mag sie nicht besonders.

Jetzt hält sie es nicht mehr aus. Wenn sie liegen bleibt, wird sie ins Bett machen. Hastig zieht sie sich an. Ihre Zähne klappern. Im Wohncontainer ist die Luft kühl, weil die Heizung noch nicht an ist. In dem anderen Bett liegt ihr Bruder Zarif und atmet ruhig und gleichmäßig. Er hat mal wieder sehr schlecht geschlafen, einmal sogar geschrien. Aber jetzt liegt er ganz still.

Draußen singen viele Vögel. Das findet Nasrin herrlich. Den kalten Tau, der ihre nackten Zehen in den Sandalen nass macht, mag sie dagegen gar nicht. Sie geht so schnell sie kann auf das Badehaus zu. Rennen kann sie nicht, sonst geht es sofort los.

Auf der Toilette sind schon andere Frauen und unterhalten sich laut auf Arabisch. Es stinkt. Alle Kabinen sind belegt. Nasrin bleibt im Gang vor den Waschbecken stehen, kneift die Oberschenkel zusammen und verlagert das Gewicht abwechselnd von einem Bein auf das andere. Sie heftet ihren Blick auf das rote Zeichen unter der Klinke einer Kabine, als könne sie durch die Kraft ihrer Gedanken machen, dass es grün wird.

Endlich! Die kleine Scheibe dreht sich. Das grüne Schild erscheint, und die Tür öffnet sich. Sie sieht zur Frau auf, die mit ihr darauf wartet, dass das Klo frei wird. Es ist eine Frau aus dem Irak. Sie ist nett und heißt Taliba. Ihre beiden Töchter sind so was Ähnliches wie Nasrins beste Freundinnen, jedenfalls die einzigen Freundinnen, die sie zurzeit hat.

Taliba muss lachen, als sie Nasrins Blick bemerkt. „Na, geh mal", sagt sie. „Aber beeil dich!"

Dankbar hastet Nasrin in die Kabine und genießt den Moment, als der Druck nachlässt.

Als sie in den Wohncontainer zurückkehrt, sind ihre Eltern aufgestanden. Die Tür steht weit auf, damit die verbrauchte Luft abziehen kann. Mama macht die Betten und schafft Platz für das Frühstück, denn das elterliche Schlafzimmer ist gleichzeitig das Wohn- und Esszimmer. Papa ist beim Badehaus oder raucht auf dem Hof. Zarif ist noch nicht aufgetaucht.

Später, als Mama die Frühstückssachen wieder weggeräumt hat, gehen Nasrin und Zarif nach draußen.

„Denkt dran, dass heute Frau Schmuck kommt!", ruft Mama ihnen nach. „Seht zu, dass ihr um 12 wieder da seid!"

Frau Schmuck ist eine Lehrerin, die den Bewohnern des Flüchtlingswohnheims am Wardamm Deutschunterricht gibt. Sie macht das nicht, weil sie dafür Geld bekommt, sondern weil sie nett ist. Nasrin findet sie sehr schön. Sie hat ganz weiße Haut, blaue Augen und helle, glatte Haare. Außerdem ist sie dünn.

Mamas Ermahnung ist unnötig. Nicht einmal Zarif würde den Deutschunterricht schwänzen. Ihnen ist oft so langweilig, dass sie über jede Abwechslung froh sind. Zarif hat im Wohnheim noch keinen Freund, dafür ist er zu mürrisch und in sich gekehrt. Und Nasrins Freundinnen Esma und Rahima besuchen vormittags eine Schule in der Nähe. Nasrin wird dort auch irgendwann hingehen. Aber die Familie ist erst nach Bremen gekommen, als das Schuljahr schon begonnen hatte, und das ist alles nicht so einfach, hat man ihr gesagt.

Miteinander können die Geschwister nicht viel anfangen. Zarif ist zwölf, also drei Jahre älter als sie, und findet sie doof. Und Nasrin respektiert ihren großen Bruder zwar, weil er nun mal ihr großer Bruder ist, aber während ihrer langen Flucht aus Syrien nach Deutschland ist das ein bisschen weniger geworden. Es hat zu viele Situationen gegeben, in denen sie viel mutiger gewesen ist als er. Findet sie jedenfalls.

Sie machen sich zunächst gemeinsam auf den Weg zum Wäldchen, das direkt hinter dem Gelände des Wohnheims liegt. Dann trennen sie sich. Zarif wandert meistens über die langen geraden Wege, die sich durch diese unfassbar grüne Landschaft ziehen, in der es fast keinen Sand, fast keine Steine, sondern überall nur Gras, Bäume und Sträucher gibt. Und Nasrin geht zum Fluss mit dem seltsamen Namen. Dort streift sie durch das Dickicht, beobachtet kleine Tiere und Vögel oder setzt sich an ihre Lieblingsstelle, hängt ihren Gedanken nach und lauscht dem Rauschen der Autos, das von der großen Straße herüberdringt.

Sie denkt viel an ihr Zuhause in Homs. Wie es war, bevor der Krieg losging. Es ging ihnen gut. Ihr Haus war groß. Papa hat sehr viel und hart gearbeitet, aber nicht schlecht verdient. Und Mama hat sich um alles andere gekümmert. Sie war schön und fröhlich und liebte elegante Kleider. Dann fielen die Bomben.

Als das Haus von Onkel Mahmoud getroffen wurde und er und Zahra in den Trümmern starben, da hat Papa gesagt, dass es reicht. Seitdem dachte er über Flucht nach. Und als im April die Schüsse und Explosionen weniger wurden, da war es soweit. Sie packten alles in ihr Auto, was sie mitnehmen konnten, und fuhren los.

Papa meinte, sie müssten nach Norden, und wenn sie erst einmal in der Türkei wären, wäre alles gut, dann hätten sie es geschafft. Sie fuhren über die Autobahn, und da passierte es zum ersten Mal, dass Nasrin sich vor Angst in die Hose machte. Später passierte das noch öfter. Papa fuhr, so schnell er konnte, rechts und links wurde geschossen, und überall waren kaputte Autos am Rand, aber auch mitten auf der Fahrbahn, in denen tote Menschen saßen. Manche hatten gar kein Gesicht mehr und andere waren ganz grau und kaputt, weil sie schon so lange dort waren. Und die anderen Autos, die noch fuhren, rasten wie blöde, und Papa musste oft bremsen, deshalb konnte er nicht so schnell fahren, wie er wollte. Er schrie und fluchte sehr viel, und Mama weinte. Zarif war ganz weiß und still und hatte sehr große Augen. Nasrin wusste nicht, ob er wirklich etwas sehen konnte, weil sich seine Augen gar nicht bewegten. Und dann ging ihr Auto kaputt. Papa hat sehr laut geschrien und auf das Lenkrad gehauen, und Mamas Schreie wurden immer schriller. Und als das Auto stehen blieb, haben von den Seiten Soldaten gerufen, sie sollten machen, dass sie wegkommen. Nasrin konnte die Explosionen sehen und die Schüsse hören. Sie waren wirklich laut. Direkt neben ihnen stand ein Auto, und der Fahrer war tot. Sein Kopf war nur noch zur Hälfte da. Mama wollte aus dem Wagen springen, aber Papa hielt sie fest, denn überall flogen Kugeln. Und dann war da auf einmal ein alter Mann mit seinem Lastwagen. Er hielt an, stieg aus und fragte, was los ist, und Papa erklärte es ihm, und dann band der alte Mann ein Seil hinten an seinen Lastwagen und vorne an ihr Auto und zog sie hinter sich her. Einfach so. Er schien gar keine Angst zu haben. Und deshalb leben sie noch.

Und dann waren sie in der Türkei. Aber da wollten sie nicht bleiben. Es ging ihnen auch nicht gut. Papa sagte, wenn sie irgendwo eine Chance hätten neu anzufangen, dann in Deutschland. Deshalb zogen sie ins nächste Land. Und dann ins nächste Land. Und dann in noch ein Land. Und dann kamen sie nach Deutschland. Unterwegs schliefen sie oft auf Bauernhöfen oder in Ruinen oder auf Baustellen und manchmal sogar unter freiem Himmel, und sie hatten sehr oft sehr schlimm Hunger. Nasrin weinte viel, Mama auch, aber Papa sagte, sie könnten froh sein, dass es nicht Winter sei, und wie schlimm das wohl erst mal wäre. Mehr als einmal verjagten Leute sie, Papa wurde zweimal verprügelt und einmal warfen Jungs Steine nach ihnen. Aber sie lernten auch sehr nette Menschen kennen, Leute, die arm waren und viel weniger hatten als sie, bevor der Krieg nach Homs kam, und die ihnen trotzdem etwas abgaben.

Über all das denkt sie nach, während sie an dem Fluss sitzt, dessen Namen sie sich nicht merken kann. Aber nun wird ihr kalt, denn der Himmel ist bewölkt, und man spürt schon, dass der Herbst kommt. Deshalb steht sie auf und geht ein wenig am Ufer entlang, bis sie zu einer Straße kommt, die sie zurück zum Wohnheim führt.

Frau Schmuck möchte auch dieses Mal nicht zum Essen bleiben, obwohl Papa und Mama sie herzlich eingeladen haben. Sie hat noch zu tun, sagt sie, sie muss sehr viel für ihre Schule vorbereiten. In Deutschland ist alles einfach anders, sagt Mama zu Papa, und der versucht sich nicht anmerken zu lassen, wie peinlich ihm die Situation ist.

Während des Essens redet kaum einer was. Anschließend räumt Mama auf und Papa geht rauchen. Dann legen sich die Eltern hin. Vor allem Papa braucht viel Schlaf. Er ist ständig müde. Nasrin versteht nicht, wovon. Er hat den ganzen Tag nichts zu tun, sitzt nur im Hof, raucht und starrt in die Gegend.

Nach dem Mittagsschlaf gehen Mama, Zarif und Nasrin zum Einkaufen. Sie brauchen eigentlich nichts. Besser gesagt: Sie brauchen nichts so dringend, dass sie es von ihrem wenigen Geld unbedingt kaufen müssten. Aber Mama sagt, es tut gut, sich zu bewegen und etwas Sinnvolles zu tun, und außerdem sei ihnen ja sowieso langweilig.

Der Supermarkt ist nicht weit entfernt. Sie folgen der Straße, an der das Wohnheim liegt, über die Bahnschienen, vorbei an dem Autohaus mit den blinkenden großen Autos, von dessen riesigen Scheiben Mama den Bruder geradezu wegzerren muss. Dabei würde selbst Nasrin gerne ein wenig stehen bleiben, denn die Männer, die in dem Geschäft arbeiten, erinnern sie an die jungen reichen Männer von zu Hause. Erst als Mama Zarif verspricht, dass er sich auf dem Rückweg die Autos noch mal anschauen darf, gehen sie weiter.

Der Supermarkt liegt gegenüber von der Tankstelle an der großen Straße und heißt LIDL. Sie streifen durch die dichten Gänge und betrachten all die leckeren Sachen, die sie sich nicht leisten wollen. Zarif ist genervt, Mama traurig und Nasrin bekommt die Schokokekse nicht aus dem Kopf, die sie gerade gesehen hat, und fragt sich, ob sie wohl halal sind.

Und dann sieht sie die großen Körbe in der Mitte des Geschäftes. In einem davon häufen sich Gummibälle in verschiedenen Größen und Farben. Nasrin kennt sie von zu Hause. Die größten sind so groß wie ihre Faust, sie sind ganz hart, und wenn man sie auf die Erde fallen lässt, springen sie wie verrückt, und man muss hinter ihnen herrennen, um sie wieder einzufangen, denn jedes Mal, wenn sie wieder aufkommen, springen sie viel weiter, als man gedacht hat. Zahra und sie haben mit so einem Ball in ihrem Hinterhof gespielt, als ihre Cousine noch lebte. Sie schleuderten ihn, so fest sie konnten, auf den Steinfußboden und ließen ihn dann von der Hauswand abprallen, und dann mussten sie den Ball wieder fangen, und wer es schaffte, durfte das nächste Mal werfen.

Mama ist dagegen, so einen Flummi zu kaufen, obwohl er nur ganz wenig kostet. Sie sagt, dass sie für so einen Quatsch nun wirklich kein Geld übrig haben. Aber als Nasrin anfängt zu weinen und sagt, wie sehr sie sich im Wohnheim langweilt, überlegt sie es sich anders. Sie hat sogar selbst Tränen in den Augen, und Nasrin merkt daran, dass sich Mama ein bisschen Sorgen um sie macht.

Nachdem sie bezahlt und den Laden verlassen haben, sagt Zarif, dass er zurück zur Wohnung will. Nasrin weiß genau, dass er sich vor allem die Autos anschauen möchte, doch es ist ihr recht, weil sie erst mit dem Flummi spielen darf, wenn sie wieder im Wohnheim sind. Und Mama geht es nach dem Einkauf schlechter als vorher. Deshalb machen sie sich auf den Weg.

Es ist 14.38 Uhr, als Carsten Breuer bemerkt, wie spät es schon ist. Er sitzt am Schreibtisch seines vollgekramten Schlaf- und Arbeitszimmers. Bis jetzt hat er stundenlang auf den Monitor seines PCs gestarrt. Carsten ist selbstständiger Softwaretester und arbeitet von zu Hause aus. Er ist zweiundvierzig Jahre alt und lebt zusammen mit seiner Mutter in der Amsterdamer Straße.

Eigentlich hat er mit seiner Arbeit schon längst fertig sein wollen, aber die Software, die er gerade testet, ist dermaßen fehlerhaft, dass sich alles in die Länge gezogen hat. Er hat gar nicht gemerkt, wie spät es schon ist.

Er hat sich vorgenommen, einen alten, sperrigen PC-Monitor wegzubringen, der ihm schon lange im Weg ist. Der Recylinghof am Wardamm hat zwar noch über eine Stunde auf, mit dem Auto ist er schnell da, dennoch sollte er sich besser auf den Weg machen. Sonst wird es damit auch heute wieder nichts.

Er schnauft, und der Bürostuhl knarrt hörbar, als er aufsteht. Carsten hat einen mächtigen Körperumfang. Gewogen hat er sich schon lange nicht mehr. Aber sein Bett hat er abgeschafft und die Matratze samt dem Lattenrost lieber direkt auf den Teppich gelegt. Sicher ist sicher.

Er rafft die beiden Kabel, die fest mit dem Gerät verbunden sind, zusammen, hievt den Bildschirm vor seinen großen Bauch und verlässt das Zimmer. Im Flur stellt er ihn auf der Kommode ab und greift nach seiner Jacke.

„Ich bin mal kurz weg, Mama", ruft er in Richtung Wohnzimmer, in dem das Nachmittagsprogramm aus einem riesigen Fernseher plärrt.

„Ist gut", ruft Bärbel Breuer zurück. „Bringst du mir was mit?"

„Wenn's sein muss", sagt er, aber Bärbel nimmt es ihm nicht übel, weil sie weiß, dass Carsten alles für sie tun würde. „Was brauchst du denn?"

„Ich hab so Lust auf 'nen schönen Rollmops." Sie grinst verschmitzt, reibt sich die speckigen Händchen, und wenn sie nicht seine Mutter wäre, könnte man meinen, dass sie mit ihm flirtet.

„Du, ich fahr zum Recyclinghof. Wo soll ich dir denn da einen Rollmops holen?"

„Ach, du musst doch nur mal kurz beim Roland-Center rein. Da kannste mir doch welche bei Nordsee holen", sagt sie und zieht einen Flunsch.

„Na gut. Ich kuck mal."

Bärbel wirft ihm eine Kusshand zu. „Kauf dir auch welche, dann mach ich heute Abend Bratkartoffeln."

„Bis gleich." Er öffnet die Wohnungstür, hebt den Monitor von der Kommode und betritt das Treppenhaus des Wohnblocks. „Mach mal die Tür zu!", ruft er und ertastet sich vorsichtig, Stufe für Stufe, seinen Weg nach unten.

Wenig später klemmt er sich hinter das Lenkrad seines dunkelblauen VW Polo, wendet und biegt von der Rotterdamer auf die Kirchhuchtinger Landstraße ab. Es ist 15.03 Uhr.

Nasrin liebt ihren Flummi! Am besten springt er vorne in der Einfahrt, weil dort der Boden nicht voller kleiner Steine ist, sondern hart und schwarz wie die Straße, auf der die Autos vorbeirauschen. Sie hat sich ein Spiel ausgedacht: Sie wirft ihn heftig auf den Boden und darf ihn erst fangen, nachdem er zweimal gesprungen ist. Dann ändert sie die Regeln, fängt ihn nach dem dritten, fünften, später sogar siebten Mal Springen!

Zarif schaut ihr dabei zu. Er hat schlechte Laune, weil er sich nicht lang genug die Autos anschauen durfte. Schließlich will er auch mal mit dem Flummi spielen. Nasrin erlaubt es ihm, weil sie hofft, dass sich dadurch seine Laune bessert. Aber als er ihr den Ball nicht zurückgeben will, wird sie ungeduldig.

„Gib wieder her!", sagt sie. Zarif tut so, als würde er sie nicht hören. „Gib schon!" Ihr Bruder lacht nur und lässt den Flummi so hoch aufspringen, wie Nasrin es sich niemals trauen würde. „Das ist meiner! Mama hat ihn mir gekauft!"

„Hol ihn dir doch!"

„Mamaaaa!" Nasrins Schrei gellt über den Platz. Sie versucht, Zarifs Arm festzuhalten, aber ihr Bruder ist um einen Kopf größer als sie und hält den Ball einfach in die Luft, sodass Nasrin ihn nicht erreichen kann.

Carsten biegt von der Huchtinger Heerstraße ab und folgt der Straße Zum Huchtinger Bahnhof. Ein Blick auf die Uhr des Armaturenbrettes sagt ihm, dass es erst 15.10 Uhr ist und er sich nicht beeilen muss. Weiter oben beschreibt die Straße eine Linkskurve und folgt einigen Metern den Gleisen. Er wirft einen Blick auf das brandneue Autohaus direkt am Bahnübergang, in dem nur Nobelkarossen stehen. Dann überquert er die Schienen und fährt auf den Wardamm. Gleich ist er da.

Zarif ist sauer. Die Mutter hat ihn angeschnauzt, dass er seine Schwester in Ruhe spielen lassen soll. Was kann er denn dafür, dass es nichts zu tun gibt? Überhaupt kotzt ihn die ganze Situation hier an. Scheiß Deutschland! Scheiß Flüchtlingslager! Scheiß Krieg! Scheiß Nasrin!

Mit Wucht schleudert er den Flummi so hart auf die Erde, dass er vier, fünf Meter hoch aufsteigt. Er muss grinsen. Ohne auf das Gezeter seiner Schwester zu achten, fängt er den Ball und wiederholt das Ganze. Wieder steigt der Ball in die Luft. Aber als er ihn fangen will, kommt ihm Nasrin in die Quere. Der Flummi trifft einen auf dem Boden liegenden Stein und springt davon, Richtung Straße. Nasrin rennt ihm hinterher. Aber sie ist nicht schnell genug.

Carsten hat das Tempo bereits gedrosselt, weil die Einfahrt zum Recyclinghof keine hundert Meter weit entfernt ist. Trotzdem hat er keine Chance, rechtzeitig zu bremsen. Wie aus dem Nichts taucht vor ihm ein kleines Mädchen auf. Ihr dunkler Haarschopf verschwindet unter seinem Kühler. Das Auto ruckt, als würde es einen Huckel oder eine Schwelle überfahren. Die Reifen kreischen. Dann steht der Wagen.

Carsten bleibt schwer atmend sitzen, umklammert das Lenkrad, als wäre es ein Rettungsring, und traut sich nicht, in den

Rückspiegel zu schauen. Schließlich tut er es doch und fängt vor Erleichterung beinahe an zu weinen. Das Mädchen richtet sich auf. Es fasst sich an den Kopf, scheint aber ansonsten unverletzt zu sein.

Carsten öffnet die Tür und stemmt sich aus dem Fahrersitz. Mit flatternden Gliedern geht er auf das Mädchen zu. Ein anderes Auto hat angehalten. Der Fahrer hat die Situation erfasst, den Warnblinker angemacht und ist ebenfalls ausgestiegen, um nach dem Unfallopfer zu sehen.

Jetzt hört man Rufe und Schreie vom Flüchtlingswohnheim her. Ein völlig aufgelöstes Paar stürzt zu dem Mädchen, das immer noch auf der Straße sitzt und sich umschaut, als würde es etwas suchen. Ein Mann und eine Frau, offensichtlich die Eltern des Mädchens, fallen auf die Knie und reißen sie in ihre Arme. Ihnen folgen andere Bewohner des Camps, die sich um die Familie scharen und auf sie einreden. Ein Gewirr aus vielen Sprachen erfüllt die Luft. Und dazwischen ertönt die Stimme des Mädchens, die wieder und wieder einen Satz sagt, der für Carsten arabisch klingt.

Er steht wenige Meter abseits und lässt die Arme an den Seiten herunterhängen. Seine Knie zittern. Ihm ist schlecht. Und gleichzeitig ist er unendlich dankbar. Dankbar und verwirrt. Er und das Mädchen – sie haben unwahrscheinliches Glück gehabt. Er ist sich sicher gewesen, dass sie tot ist. Ganz deutlich hat er gespürt, dass sein Polo über etwas drübergefahren ist. Allein der Gedanke daran schlägt ihm so sehr auf den Magen, dass er sich beinahe übergeben muss. Nur mit Mühe hält er es zurück.

Eine Frau kommt auf ihn zu, die ihn mit einer Mischung aus Besorgnis und Erleichterung anschaut. Sie ist jünger und kleiner als er und sehr schön. Ihre langen Haare sind glatt und schwarz, sie hat einen gleichmäßigen rötlich-braunen Teint. Carsten wird sich seines riesigen, unförmigen Körpers bewusst.

Sie lächelt ihn an. „Sind Sie in Ordnung?"

„Geht so."

„Das ging ja noch mal gut, oder?"

„Ich hab sie wirklich überhaupt nicht gesehen. Sie war einfach da. Ich konnte..."

„Ist schon gut." Sie legt ihm eine Hand auf den Arm. „Es ist nichts passiert. Gott sei Dank! – Ich bin übrigens Djamila Shaheen. Ich bin die Leiterin des Wohnheims."

„Breuer. Carsten Breuer."

„Hallo." Sie reicht ihm eine angenehm kühle Hand. „Vielleicht ist es besser, wenn ich mir ihre Adresse und Telefonnummer aufschreibe? Für alle Fälle? Hier ist meine Karte. Hat ihr Auto einen Schaden? Müssen wir uns um so etwas kümmern?"

„Ich hab keine Ahnung. Nee, ich glaub nicht. Äh ja, danke", sagt er und steckt ohne großes Interesse ihre Visitenkarte ein.

„Wollen Sie mit den Eltern des Mädchens sprechen? Ich könnte für Sie übersetzen. Die Familie kommt aus Syrien, so wie ich."

„Nee, das ist nicht... Das kann ich jetzt nicht."

„Tja, dann..."

„Kann ich Sie was fragen?"

„Bitte!"

„Das Mädchen hat immer wieder etwas gerufen. Ich glaube auf Arabisch. Hat das was mit mir zu tun? Wollte sie mir was sagen?"

„Nein, ich glaube nicht. Ich weiß auch nicht, was sie meint. Aber mit Ihnen hat das nichts zu tun, denke ich."

„Was hat sie denn gesagt?"

„Sie hat gefragt, wo der Mann ist, der das Auto hochgehoben hat."

„Was?“

„Ja, genau.“ Frau Shaheen lacht und zuckt die Schultern. „Keine Ahnung.“

„Können Sie das nochmal wiederholen?“

„‚Wo ist der Mann, der das Auto hochgehoben hat?‘ Das hat sie gesagt. Oder meint sie vielleicht doch Sie?“ Sie lacht wieder. Ihre Erleichterung ist jetzt deutlich zu sehen.

„Nee“, schnauft Carsten und spürt endlich, dass der Schrecken abebbt und eine gewisse Leichtigkeit zurückkehrt, „ganz bestimmt nicht.“

Nasrin hat ihnen immer wieder gesagt, dass ihr nichts fehlt und dass sie sich bloß beim Hinfallen ein bisschen den Kopf gestoßen hat. Aber das haben sie ihr nicht geglaubt und sind mit ihr zu einem Krankenhaus gefahren, wo die Ärzte festgestellt haben, dass ihr wirklich nichts fehlt. Noch nicht einmal einen Schock hat sie, haben sie gesagt, und alle haben sich gewundert.

Und dann hat sie ihnen zum soundsovielten Mal erzählt, dass das Auto sie ja noch nicht einmal berührt hat, weil da dieser Mann gewesen ist, der es hochgehoben hat, einfach so, über sie drüber. Aber auch das glauben sie ihr nicht.

Sie versteht ja selber nicht, wie er das hinbekommen hat oder wo er hergekommen ist, aber sie hat ja auch das Auto nicht gesehen, nur ihren Flummi, und dann ging eben alles sehr schnell. Und dann, als alles vorbei gewesen ist, ist er nicht mehr da gewesen. Und das kapiert sie am allerwenigsten. Warum ist er weggegangen? Und wohin überhaupt? An der Stelle, an der alles passiert ist, gibt es eine Firma mit einer großen Halle, einer Art Werkstatt, und einen Hof mit Containern. Aber da ist eigentlich nie was los. Ist er dahin gelaufen? Aber dann muss er gerannt sein, er muss sich geradezu vor ihnen versteckt haben. Warum?

Ist er vielleicht jemand, der hier gar nicht sein darf? Papa hat gesagt, so was gibt es, es gibt Leute, die gerne in Deutschland leben möchten, es aber nicht dürfen, und wenn die Polizei sie erwischt, müssen sie ausreisen. Vielleicht war es so jemand.

Wie ein Deutscher hat er nicht ausgesehen. Eher wie jemand von zu Hause. Er ist schon ziemlich alt, nicht so alt wie Papa, aber mindestens zwanzig. Eigentlich hat er ausgesehen wie einer von den Männern aus dem Autohaus an den Bahnschienen. Aber er hatte andere Sachen an und andere Haare.

Nasrin sitzt an ihrer Lieblingsstelle am Fluss. Das braune Wasser gluckert. Im Dickicht zwitschern ein paar Vögel. Hin und wieder hört sie von den Gleisen das Rauschen und Rattern eines Zuges. Ihren Flummi hat sie nicht mehr. Papa hat sehr mit Mama geschimpft, weil sie ihn ihr gekauft hat, und Mama hat ihn ihr weggenommen. Deshalb ist sie jetzt hier. Das ist okay, weil sie über vieles nachdenken möchte.

„Hallo Nasrin."

Neben ihr sitzt plötzlich ein Mann. Es ist *der* Mann! Er lächelt sie freundlich an.

„Du bist der Mann, der das Auto hochgehoben hat!"

Sein Blick ist nett und seine Zähne ganz weiß. Er sieht wirklich nicht aus wie ein Deutscher. Aber einer von den Autoverkäufern ist er auch nicht. Seine Haut ist dunkel, so wie ihre, er hat einen schönen Bart und dunkle Locken, die nicht lang, aber auch nicht kurz sind. Am meisten fällt ihr seine Kleidung auf: Er trägt einen dunkelblauen Kaftan, ein Dishdasha, so ähnlich wie das, das Papa sofort anzog, wenn er abends von der Arbeit nach Hause kam, nur dass Papas weiß war. Und dazu hat der Mann verrückterweise Turnschuhe an, und zwar coole, solche, die Nasrin am liebsten auch hätte, wenn sie sich das leisten könnten. Sie muss fast lachen, als sie es bemerkt.

„Ich wollte mich bei dir bedanken, aber du warst einfach weg!“, ruft sie.

„Ich weiß. Aber jetzt bin ich doch da.“

„Ja also, danke! – Wie hast du das gemacht?“

„Was?“

„Das Auto hochzuheben. Und dann so schnell weg zu sein. Warum hast du dich versteckt?“

„Ich hab mich nicht versteckt.“

„Ja, aber wo warst du denn? Und wieso kannst du ein Auto hochheben?“

„Warum willst du das wissen? Wichtig ist doch bloß, dass ich es getan habe.“

„Ja, aber wieso bist du so schnell abgehauen? Meine Eltern haben mir kein Wort geglaubt. Sie sagen, ich hätte einfach unwahrscheinliches Glück gehabt.“

„Hast du doch auch.“

„Ja, aber anders. Ich meine, das warst doch du: Du hast mich doch gerettet! Sie hätten sich ganz sicher bei dir bedankt.“

„Ich habe das nur für dich gemacht. Und für Carsten.“

„Wer ist Carsten?“

„Der Mann in dem Auto.“

„Wie heißt du eigentlich?“

„Das ist auch nicht so wichtig.“

„Ich will es aber wissen.“

„Ich habe viele Namen.“

„Einer reicht schon.“

Er muss lachen. Es klingt wunderschön, ein bisschen wie die Vögel im Dickicht, aber dann doch eher wie ein fröhlicher Mann, der gut singen kann. „Du kannst mich Gabriel nennen.“

„Heißt du wirklich so?“

„Nein.“

„Kommst du aus Syrien?“

„Warum?“

„Weil du so aussiehst. Und weil du so redest wie wir.“

„Ich bin lange dort gewesen.“

„Wie lange?“

„So lange wie du.“

„Und jetzt lebst du hier? Bist du auch ein Flüchtling?“

Er lächelt wieder. „Ich würde eher sagen, dass ich ein Gast bin.“

„Was machst du dann hier?“

„Ich hab zu tun. Ich erledige Aufträge.“

„Was denn zum Beispiel?“

„Zum Beispiel auf dich aufpassen.“

„Auf mich?“

„Ja, unter anderem.“

Nasrin runzelt die Stirn. Sie wendet den Blick von dem Mann ab und lässt ihn über das Wasser und die weiten grünen Flächen schweifen.

„Wenn du auf mich aufgepasst hättest, dann wäre ich jetzt nicht hier in Deutschland, oder? Dann wäre ich noch zu Hause.“

„Wärst du jetzt gerne zu Hause?“

„Ja klar! Naja, nicht wirklich. Nicht mit Krieg und allem.“

„Ja, das verstehe ich.“

„Passt du auch auf andere Leute auf?“

„Manchmal.“

„Was ist mit Zahra?“

„Was ist mit ihr?“

„Sie ist tot. Sie war meine Cousine. Und meine beste Freundin. Ihr Haus wurde von einer Bombe getroffen. Mein Onkel Mahmoud ist auch tot. Meine Tante Nour wurde vergewaltigt. Warum hast du nicht auf sie aufgepasst?“

„Ich kann nicht alles."

„Aber Gott kann alles. Mein Papa sagt immer, Gott ist allmächtig. Wieso hilft er uns nicht? Wieso hat er den Krieg nicht verhindert? Wieso mussten wir fliehen?"

„Er hilft dir doch."

Nasrin schnaubt verächtlich. Die Begeisterung darüber, den Mann wiedergetroffen zu haben, ist deutlich weniger geworden. „Ich habe jeden Abend auf unserer Flucht gebetet. Und hat er geantwortet? Nicht ein Mal!"

„Du hast vier Länder durchquert, du hast viele Gefahren überstanden. Und jetzt bist du hier, in Sicherheit."

„Ja, okay! Aber was ist mit den anderen? Was ist mit Zahra? Was ist mit all den Leuten, die gestorben sind? Papa sagt, es geht immer weiter! Sie hören einfach nicht auf mit der Scheiße!"

„Ich kann dir nichts über andere sagen."

„Willst du nicht, oder kannst du nicht?"

„Beides."

„Warum?"

„Es ist zu viel für dich. Und ich weiß auch nicht alles."

„Sag mir wenigstens, ob es ihr gut geht."

„Zahra? Ja, es geht ihr gut."

„Okay."

Er hat bis eben mit ihr zusammen in die Weite geschaut. Aber jetzt wendet er sich ihr zu und sieht sie an. „Ich wollte dir etwas sagen."

„Und was?"

„Triff gute Entscheidungen."

„Verstehe ich nicht."

„Lass die Dinge nicht einfach geschehen. Nimm dein Leben in die Hand. Gott ist mit dir."

Sie zieht einen Mundwinkel nach oben und rümpft die Nase.

„Wenn du meinst..." Dann merkt sie, wie ernst es ihm ist. „Ja, okay, mach ich. Danke!"

„Ich muss los", sagt er und steht auf.

„Wo gehst du hin?"

„Nicht weit weg."

„Sehen wir uns mal irgendwann wieder?"

„Ich glaube nicht."

„Schade. Hätte mich gefreut."

„Mich auch."

„Pass auf dich auf!"

Er wirft den Kopf zurück und lacht laut auf. Dann sagt er grinsend: „Ich hab genug damit zu tun, auf dich aufzupassen."

„O Mann. Tut mir echt leid!" Sie kratzt sich am Kopf und lächelt ihn verlegen an.

„Nicht schlimm. Mach ich gerne."

„Danke."

„Bedank dich nicht bei mir." Dann ist er weg. Von einer Sekunde auf die andere.

Nasrin bleibt lange sitzen und starrt auf die Stelle, wo er gesessen hat. Das Gras ist noch niedergedrückt. Sie beobachtet die Halme dabei, wie sie sich unendlich langsam wieder aufrichten, und hängt ihren Gedanken nach.

Schließlich gibt sie sich einen Ruck und steht auf. Sie wird mit Frau Shaheen sprechen und sie fragen, wann sie endlich zur Schule gehen darf.

Das Duell

Fahr schön vorsichtig“, sagt Heiner, als er Charly über den Hof zu seinem Auto begleitet. „Ich mach jetzt erst mal Rührei für die Pappnasen und komm dann später nach.“

Sie sind beide noch ganz schön tapsig. Charlys Kopf schmerzt, und ihm ist ein bisschen schlecht. Wenn er sich nach unten beugt, zum Beispiel um seine Schuhe zu binden, merkt er, wie schwindelig ihm noch ist. Vielleicht ist es doch keine so gute Idee gewesen, bis um vier aufzubleiben und Winnis Single Malt Whiskey zu testen, von dem er so geschwärmt hat und den er ihm unbedingt vorführen wollte. Eigentlich kennt Charley seine Grenzen. Als Whiskeykenner und -händler trinkt er häufiger ein Schlückchen. Gestern ist das irgendwie anders gewesen. Da haben sie nach einem schönen Konzert, das sie in Oldenburg gespielt haben, noch in Winnis reetgedecktem Haus in Großenkneten am Kamin gesessen und den Abend ausklingen lassen.

Charly sieht die Jungs nicht mehr so häufig wie früher. Ihre Jazz-Combo haben sie gegründet, als sie damals alle zum Studium nach Bremen gekommen sind. Inzwischen ist das Leben weitergegangen: Frank hat seine Kneipe im Ostertorsteinweg, Winni arbeitet in der Verwaltung eines Oldenburger Krankenhauses und Charly verkauft Spirituosen in der Knochenhauerstraße. Heiner ist viel später dazu gestoßen: In einer Nacht in der *Zichte* hat er Charly verraten, dass er Bassist ist. Seitdem ist er hin und wieder dabei, wenn sie auftreten.

Gestern haben sie wieder über sich selbst gelacht, als sie sich daran erinnert haben, wie sie als junge Hunde auf den niedersächsischen Bühnen gestanden und sich aufgeführt haben wie die Profis. Heute spielen sie auf Hochzeiten oder Geburtstagen und auch nur dann, wenn der Terminkalender es erlaubt. Oder in Kneipen vor einem desinteressierten Publikum, so wie gestern. Die Standards haben sie schließlich alle noch drauf.

Charly verstaut Sporttasche und Posaune im Kofferraum seines Skodas und lässt sich schwerfällig auf den Fahrersitz sinken. „Mach ich", sagt er. „Keine Sorge, ich hab alles im Griff."

Heiner schmunzelt. „Hams mal wieder übertrieben. Leg dich ma schön hin, wenn du nach Hause kommst."

„Mach ich", sagt Charly noch einmal. „Grüß mal die anderen, wenn sie aufwachen." Er zieht die Fahrertür zu, dreht den Zündschlüssel um und fährt bedächtig vom Hof auf die Moorbeker Straße. Es ist ein sonniger Samstagmorgen im Herbst. Über die Buchenallee erreicht er in kürzester Zeit die B 213. Von dort ist es nur noch ein Katzensprung zur Auffahrt Wildeshausen-West.

Charly fährt auf die A1 in Richtung Bremen, beschleunigt gemächlich und bleibt erstmal hinter einem Wohnmobil. Er hat es nicht eilig. Bevor er sich so gut entspannt, wie das mit einem Kater eben geht, will er noch die passende Musik für die Fahrt aussuchen. Er entscheidet sich für Coltrane, hört zufrieden das Klicken des CD-Laufwerkes, sieht kurz in den Rückspiegel und setzt, als alles frei ist, zum Überholen an.

Auf Höhe des Wohnmobiles wirft er einen routinierten Blick in den Rückspiegel – und hätte vor Schreck beinahe das Lenkrad verrissen. Direkt hinter ihm sitzt ein schwarzer Audi. Er ist so dicht aufgefahren, dass Charly die Scheinwerfer nicht mehr sehen kann. Unwillkürlich tritt er aufs Gas, zieht am Wohnmobil vorbei und wechselt wieder auf die rechte Fahrbahn. Noch bevor er sie erreicht hat, rauscht der andere bereits an ihm vorbei, ohne ihn eines Blickes zu würdigen.

Vielleicht ist es der Kater oder der heftige Schreck, der ihm gerade in die Glieder gefahren ist, er wird es später, als er sich die Szene wieder und wieder vor Augen führt, nicht sagen können. Jedenfalls lässt er sich ganz entgegen seiner sonstigen Art dazu hinreißen, dem davonfahrenden Heck des Audi den Mittelfinger zu zeigen. Er tut es länger und mit aufrichtiger Empörung.

Die Bremslichter des anderen flammen auf. Der Audi verringert seine Geschwindigkeit so stark, dass Charly zügig aufholt. Sein Herz klopft, als er die schwarze Limousine erreicht, die keine Anstalten macht, das vorherige Tempo wiederaufzunehmen.

Einen Streit hat er nicht gewollt. Eigentlich ist es ihm nur darum gegangen, ein bisschen Dampf abzulassen, sich dann wieder zu entspannen und ohne weitere Zwischenfälle nach Hause zu fahren. Er hat gar nicht erwartet, dass der Fahrer seine Geste überhaupt bemerkt. Deshalb bleibt er in ausreichendem Abstand hinter dem anderen. Bloß keine weitere Provokation! Der Audi hat es ja wohl eilig. Er hat ein Hamburger Kennzeichen und noch einen weiten Weg vor sich. Also wird er diesen Quatsch bald bleiben lassen und davonfahren.

Der Hamburger wird immer langsamer. Inzwischen fahren sie nur noch siebzig. Es ist klar, was er will: Charly soll überholen. Und dann, beim Vorbeifahren, wird er ihm ebenfalls den Finger zeigen oder etwas brüllen oder auch beides.

Idiot, denkt Charly, als das Wohnmobil, das sie vorhin überholt haben, sie wieder erreicht. Er blinkt, wechselt auf die linke Spur und will am Hamburger vorbeifahren. Darauf hat der nur gewartet. Ohne zu blinken zieht auch er nach links. Charly muss hart bremsen. Und dann tut er etwas, was er in seiner ganzen Zeit als Autofahrer erst zweimal getan hat: Er hupt.

Der andere schwänzelt hin und her, macht dann den Weg frei und beschleunigt, als Charly an ihm vorbeigehen will. Charly gibt noch mehr Gas, aber der Hamburger lässt ihn nicht vorbei. Er sorgt dafür, dass beide Wagen stets auf gleicher Höhe sind. Als sie schließlich auf hundertsechzig Stundenkilometer beschleunigt haben, taucht vor dem Audi ein alter Mercedes auf. Er bremst ab und schiebt sich um Haaresbreite hinter den Skoda. Dort bleibt er und verringert weder den Abstand noch das Tempo.

Charly hat schon längst keine Kopfschmerzen mehr. Achseln und Rücken sind schweißnass, sein Pulsschlag geht so schnell, als würde er rennen. Aber davon merkt er nichts. Er nimmt den Fuß vom Gas und zieht ohne zu blinken auf die rechte Spur. Der andere schiebt sich links neben ihn und hält das Tempo.

Vor ihnen ist ein LKW aufgetaucht. Es ist klar, was der Hamburger will: Charly soll noch einmal hart ausgebremst werden – das große Finale einer Abreibung.

Viel zu heftig tritt Charly auf die Bremse. Sein Wagen droht ins Schleudern zu geraten, doch das ESP fängt ihn auf und bringt ihn zurück in die Spur. Charly hat es nicht registriert. Er rammt den Schalthebel vom fünften in den dritten Gang und tritt das Gaspedal bis zum Boden durch. Der Turbodiesel heult auf, als er, ohne zu blinken oder auch nur in den Spiegel zu schauen, das Lenkrad nach links reißt und dicht hinter den Audi einschert. Der gibt Gas, und auch wenn Charlys Skoda mit seinen 105 PS nicht gerade schwach motorisiert ist, muss er doch abreißen lassen. Der Hamburger entfernt sich mehr und mehr.

Inzwischen haben sie das Dreieck Stuhr erreicht. Eigentlich muss Charly hier auf die A28 Richtung Delmenhorst abbiegen. Aber er folgt dem Audi in Höchstgeschwindigkeit weiter auf der A1 Richtung Hamburg.

Ist es die Wut darüber, ungerecht behandelt worden zu sein? Oder die Überzeugung, dass jemand, der so etwas macht, bestraft werden muss? Oder will er einfach nur, dass der Audi-Fahrer ihn jedes Mal, wenn er in seinen Rückspiegel guckt, sieht und sich fragt, ob er diesmal zu weit gegangen ist?

Dieser Gedanke befriedigt Charly am meisten: dass der Hamburger es mit der Angst zu tun bekommen, dass er immer wieder nach hinten schauen und hoffen könnte, dass der rote Skoda endlich verschwindet. Er lacht, dreht die Musik lauter, überholt einen Sprinter rechts und setzt die Verfolgung fort. Der Audi ist schon ziemlich weit entfernt, doch auch wenn der Verkehr bei Bremen dichter geworden ist, gibt es immer noch genug Lücken, sodass Charly ihn problemlos im Blick behalten kann.

Kurz hinter der Ausfahrt Posthausen blinkt der andere, verlangsamt das Tempo und fährt auf den Verzögerungsstreifen einer Raststätte. Charly, der immer noch Vollgas gibt, nähert sich rasch. Soll er den Typen jetzt schon vom Haken lassen? Das findet er unbefriedigend. Er hat noch nicht genug gebüßt. Charly sollte ihm folgen. Aber – um was zu tun? Ihn zur Rede zu stellen? Ihm einen bösen Blick zuzuwerfen?

Noch während er darüber nachdenkt, fährt er schon über die Zufahrt auf die Raststätte zu. Den Audi hat er aus den Augen verloren. Doch nein, da: Da ist er! Charly steuert sein Auto zum nächstgelegenen Parkplatz und hält an.

Seine Hände zittern. Sein Hemd ist nass. In seinen Ohren rauscht das Blut. Wer A sagt, muss auch B sagen. Er öffnet die Tür und steigt aus.

Einige Plätze weiter lehnt der Mann an seinem Wagen und raucht eine Zigarette. Er blickt Charly gelassen entgegen, als der sich ihm mit zögernden Schritten nähert. Seine Haare sind angegraut und akkurat geschnitten. Er trägt eine wahrscheinlich teure

Brille und einen dunkelgrauen Anzug. An der Hand, die die Zigarette hält, blinkt ein großer Ring mit einem schwarzen Stein.

Als sie sich gegenüberstehen, bläst der Mann Rauch zur Seite und sagt: „Was ...?!" Es ist keine Frage, sondern eine Herausforderung.

„Sind ... sind Sie der Fahrer, der mich so gedrängelt hat?", fragt Charly. Er weiß ganz genau, dass das der Mann gewesen ist, aber als er ihm ins Gesicht sieht, kommt ihm alles so unwirklich vor. Es ist viel leichter, auf einen Gegenstand wie zum Beispiel ein Auto wütend zu sein als auf einen Menschen aus Fleisch und Blut.

Der Mann lächelt verächtlich. „Keine Ahnung", sagt er. „Und wenn?"

Jetzt ist Charlys Wut wieder da. „Finden Sie das witzig? Wollen Sie uns beide totfahren, oder was?"

„Ich fahr mich bestimmt nicht tot", sagt der Mann. „Ob du dich totfährst, weiß ich nicht. Mach doch, was du willst."

„Nur weil Sie ein schnelles Auto haben, denken Sie, Sie können machen, was Sie wollen?" Charlys Stimme zittert. Er ärgert sich darüber, kann es aber nicht unterdrücken. „Oder was? Ist das bei Ihnen so, ja? Ist Ihre Welt so einfach?"

Der Hamburger wirft die Zigarette weg und tritt sie mit einem schwarzglänzenden Schuh aus. „Ich bin nicht schnell. Du bist zu langsam."

Damit geht er um sein Auto herum zur Fahrertür und will wieder einsteigen.

„Ich bin noch nicht fertig!", schreit Charly, jetzt außer sich vor Zorn.

„Ich schon", sagt der Mann und öffnet die Tür. „Pass auf, dass du dich mit deinem tschechischen Spielzeug nicht umbringst." Er lacht und setzt sich auf den Fahrersitz.

Charly ist ihm um das Auto herum gefolgt. Der Mann hat bereits den inneren Türgriff in der Hand, nur das linke Bein ragt noch heraus. Bevor er es nachziehen kann, tritt Charly gegen die Autotür und klemmt es ein.

Es knackt, als der Knochen bricht. Der Mann heult auf. Aber der Schrei besänftigt Charly nicht. Er reißt die Tür auf, packt den Haarschopf des anderen und schlägt dessen Kopf mehrmals auf das Lenkrad.

„Recht des Stärkeren, hä?", brüllt er. „Nur die Harten komm'n in'n Garten, ja? Scheiß Sozial-Darwinist!" Im Rhythmus seiner Worte schmettert er den Kopf gegen den hellen Lederbezug. Dann lässt er den Mann zur Seite sacken und betrachtet keuchend dessen blutiges Gesicht.

„Scheiße, Mann!", krächzt der Hamburger, während ihm das Blut aus der Nase läuft. „Bist du irre, oder was?" Seine Stimme ist schwach, niemand kann ihn hören. Charlys Stimme dagegen ist über den ganzen Parkplatz geschallt. Mehrere Leute schauen verunsichert zu ihm herüber und wenden sich schnell wieder ab. Ein stämmiger Typ mit Bierbauch und Dreitagebart kommt auf sie zu, eine grimmige Falte zwischen den Augenbrauen.

„O Gott!", stöhnt Charly und hält sich am Dach des Audis fest. „O Gott, was habe ich getan?"

„Hilfe", weint der Hamburger. Seine Nase scheint gebrochen zu sein. Er hebt die Hände in einer hilflosen Geste der Abwehr.

„Was machst du mit Mann?" Der Stämmige, der aussieht wie ein Trucker, hat sie erreicht und schaut stirnrunzelnd in den Wagen.

„Helfen Sie mir!", schreit der Hamburger heiser. „Dieser Wahnsinnige will mich umbringen! Ich bin verletzt, bitte helfen Sie mir!"

Der Trucker richtet sich wieder auf und sieht Charly an. „Bist du gewesen?" Er hat einen osteuropäischen Akzent.

„Ja", sagt Charly, „also ja, ich denke schon. Das ... äh, das ist mir irgendwie entglitten, glaube ich."

„Wie meinst du?", fragt der Trucker. Er kneift die Augen zusammen. „Ist ausgerutscht? Hab nicht verstanden, was du gesagt."

„Nein, nein. Ich hab nur ... Ich meine, ich hab ein bisschen die Fassung verloren. Ich war *sauer*", wiederholt er, als er sieht, dass der andere ihn immer noch nicht versteht.

„Ah, sauer!", sagt der. „Hat verdient?" Er zeigt mit dem Daumen auf den Fahrer des Audis.

„Ja!", sagt Charly. „Absolut! Er ist ein ... ein Arschloch!"

Jetzt grinst der Trucker. „Arschloch", sagt er, „geht manchmal so", er tut so, als würde er ein Lenkrad steuern und eine Haartolle zurückwerfen, „und manchmal so", wobei er wieder mit dem Daumen ins Innere des Audis zeigt. Dann lacht er.

Charly lacht nicht mit. Ihm ist schlecht.

„Arschloch braucht Krankenwagen", sagt der Trucker. „Schon gerufen?"

„Nee, noch nicht." Charly zieht sein Smartphone aus der Hosentasche und wählt die Eins Eins Zwei.

„Um Gottes willen, rufen Sie die Polizei!", schreit der Hamburger. Dann wird er ohnmächtig.

„Und jetzt?", sagt Heiner.

Sie sitzen auf Liegestühlen hoch über der Haferflockenkreuzung auf dem Dach des Hauses, in dem Charly wohnt, und blicken rüber zum hell erleuchteten Bremer Flughafen. Der Vorfall auf der Autobahn ist mehr als eine Woche her.

Charly trinkt einen Schluck Bier aus der Flasche und zuckt mit den Schultern. „Keine Ahnung", sagt er. „Ich hab 'ne Anzeige am Hals. Schwere Körperverletzung."

„Oha", sagt Heiner. „Haste schon nen Anwalt?"

„Klar. Kann ich mir zwar nicht leisten. Aber den Knast kann ich mir noch weniger leisten."

„Naja, so schlimm wird's ja wohl nicht werden, oder?" Heiner guckt alarmiert.

Charly hebt bekümmert die Augenbrauen. „Ich hab das mal gegoogelt – die könnten da schon ne gefährliche Körperverletzung draus machen, glaube ich."

„Und was heißt das dann?"

„Von ein paar Monaten bis ein paar Jahren ist alles drin."

„Ach, hör doch auf!", ruft Heiner. „Du glaubst doch nicht echt, dass die dich einbuchten! Das war Notwehr, der hat dich doch bedroht – irgendwie."

Charly starrt in die Ferne und trinkt. „Ich hab echt Schiss", sagt er dann leise. „Ich hab echt richtig Schiss, Heiner."

„Mach dir mal keine Sorgen." Heiner setzt sich anders hin, weil die Jeans unangenehm zwickt. „Wir legen alle zusammen, und dann hau'n wir dich da raus. Wirste schon sehen. So weit kommt das nicht, mein Lieber!"

„Danke", sagte Charly. Er sieht den Freund an, und der ist von dem Ton, mit dem Charly das sagt, so gerührt, dass er zu hastig trinkt und sich verschluckt.

„Warum haste das überhaupt gemacht?", hustet er. „Du bist doch sonst eher so n friedlicher Typ. Ich hab noch nie erlebt, dass du dich prügelst oder so. Wieso biste denn auf einmal so ausgerastet?"

Charly streicht sein längliches Haar hinter die Ohren und blickt rüber zu den beiden Türmen des Doms. „Ich fand einfach, er hat's verdient", sagt er.

Heiner stutzt. Dann muss er grinsen. Er hebt seine Flasche und prostet Charly zu. Dann trinken sie schweigend aus.

Weihnachten in Huchting

Am Abend des zweiten Weihnachtsfeiertages hält er es nicht mehr aus. Sie haben die Tage gestern und heute bei Katjas Eltern verbracht und unglaublich viel gegessen. Schweinefleisch hat es zum Glück nicht gegeben. Denn auch wenn Sadiq aus Liebe zu den Webers zum Katholizismus übergetreten ist und es jetzt offiziell essen dürfte – er kriegt das Zeug einfach nicht runter. Nur der Gedanke daran schüttelt ihn. Dafür hat es jede Menge Rind gegeben – Braten, Rouladen – und dazu Kartoffeln in jeder erdenklichen Weise. Anschließend Früchte – meistens leider als Kompott, was er nicht ausstehen kann – und dann Kekse, Kekse, Kekse. Sein Körper ist so vollgestopft mit Nahrung, dass die Eingeweide kaum noch Platz finden.

An beiden Tagen sind sie jeweils nur einmal kurz nach draußen gegangen, obwohl das Wetter ungewöhnlich warm und trocken ist. Denis und Noam haben sich einfach nicht bewegen lassen: Die Großeltern haben Denis eine Carrera-Bahn geschenkt, die sie sofort aufgebaut haben und die seitdem im Dauerbetrieb ist. In regelmäßigen Abständen kommt es zum Streit, nämlich immer dann, wenn Noam auch mal damit spielen will. Das lässt der Ältere der beiden auf keinen Fall zu, egal was die Eltern und Großeltern dazu sagen.

„Ich muss mal raus“, sagt er zu Katja, als sie sich an der Toilette treffen und für einen kurzen kostbaren Moment alleine sind, „ich raste gleich aus.“

„Mach das", sagt sie mit einem säuerlichen Lächeln, das ihm verrät, dass sie jetzt auch gerne einen Spaziergang machen würde, und zwar ohne die Jungs, aber dass es ihr dennoch lieber ist, wenn er geht, weil sie sich besser zusammenreißen kann und ihren Frust erst rauslassen wird, wenn sie wieder zu Hause sind.

Deshalb zieht er mit schlechtem Gewissen die Haustür hinter sich zu und tritt hinaus auf den Haßkamp. Es ist knapp sechs Uhr und natürlich schon dunkel. Die Luft hat sich immerhin so weit abgekühlt, dass er im Licht der Straßenlaternen seinen Atem sehen kann. Er wendet sich nach rechts und geht bis zur Kirchhuchtinger Landstraße, der er nach Norden in Richtung Roland-Center und St. Georgs-Kirche folgt. Die Gleichmäßigkeit der Schritte und das Ein- und Ausatmen beruhigen ihn allmählich. Er lässt die Gedanken schweifen und denkt an nichts Besonderes. Sein Weg führt ihn am Marmaris-Imbiss vorbei, ihrem Lieblingsdönerladen. Und da muss er lächeln, denn das erinnert ihn an das Weihnachtsfest von vor fünf Jahren.

Es sollte das erste sein, das sie als junge Familie alleine feierten. Bisher war es üblich gewesen, dass sie das Fest bei Katjas Eltern begingen. Das hatte angefangen, als Denis geboren wurde und sie noch in Hannover lebten. Und dann später, als sie nach Huchting umgezogen und zunächst im Haus der Webers untergekommen waren, war es ja ohnehin klar, dass sie sich alle gemeinsam unter den Baum setzten.

Aber dann wurde es höchste Zeit für eine eigene Wohnung, weil Katja zum zweiten Mal schwanger wurde. Sie fanden eine, nur ein paar Meter entfernt im Neuen Damm 38, und richteten sich dort kurz vor Noams Geburt ein.

Als der schließlich auf der Welt war, gab es keinen Grund mehr, länger zu warten: Sie wollten ihr eigenes Fest mit eigenem Baum in ihrem eigenen Wohnzimmer! Es war ein Zeichen von Reife, meinte Katja, es bewies, dass sie nun wirklich erwachsen geworden waren.

Denis war damals etwas über zwei Jahre alt. Er liebte Autos über alles, auch wenn er nicht im herkömmlichen Sinn mit ihnen spielte, sondern sie nur betastete und vor allem mit dem Daumen an ihren Hinterrädern drehte. Katja und Sadiq wollten ihm deshalb ein schönes großes Geschenk machen, das mit Autos zu tun hatte. Schließlich sollte ihr erstes echtes Familienweihnachtsfest etwas Besonderes sein.

Sie entschieden sich für eine mehrstöckige Spielzeugautogarage, in der Denis seine Autos herein- und herausfahren oder mit einem Fahrstuhl auf die oberste Ebene transportieren lassen konnte, achteten darauf, dass er nichts von dem Kauf mitbekam, und wickelten den großen Karton in sehr buntes Geschenkpapier ein.

Ihre Vorfreude auf Denis' glückliches Gesicht wuchs, je näher der Heilige Abend rückte. Endlich war es so weit. Sie hatten einen lärmigen Gottesdienst in der St. Pius-Kirche mit vielen Kindern über sich ergehen lassen, aus dem Denis ständig flüchten wollte, weil ihm die Lautstärke der Kinderstimmen und die Musik auf die Nerven ging, er sich durch die Gerüche der Menschen belästigt fühlte und weil sie ihm die Bedeutung der weihnachtlichen Tradition nicht begreiflich machen konnten (und unter diesen Umständen selbst am Sinn der Tradition zu zweifeln begannen). Schließlich betraten sie erschöpft ihre Wohnung und gingen zum wichtigsten Teil des Abends über: der Bescherung.

Denis hatte schon herausgefunden, dass das größte Geschenk für ihn bestimmt war. Er konnte es kaum erwarten, das Papier endlich aufzureißen. Sie mussten ihm dabei helfen, denn seine Hände waren noch zu kraftlos und ungeschickt, um es mit dem

Klebefilm und dem starken Papier aufnehmen zu können. Dann lag der große Karton endlich vor ihm und er beäugte ihn argwöhnisch. Ein großes Bild zeigte die Garage in voller Aktion: Autos schienen darauf hinein und hinaus zu rasen, und zwar so schnell, dass sie nur ganz verschwommen zu sehen waren. Er blickte sie mit großen Augen an.

„Na", sagte Katja, „wie findest du das? Freust du dich?"

„Schokolade?", sagte Denis.

„Nein, Denis, das ist eine Garage für deine Autos! Da kannst du jetzt immer schön deine Autos drinne parken lassen. Das ist ganz toll!", fügte sie am Ende hinzu, weil ihr langsam dämmerte, dass Denis sich überhaupt nicht freute. Stattdessen kramte er im bunten Papier herum, das jetzt verstreut auf dem Boden lag, um nach weiteren Geschenken zu suchen.

Doch so leicht würden sie sich nicht geschlagen geben. Denis, so meinten sie, hatte einfach nur noch nicht begriffen, was für ein grandioses Geschenk er da erhalten hatte. Sie mussten es ihm nur verständlich machen, und dann würde er sich freuen, genau so, wie sie es vorausgesehen hatten.

Resolut schnappte sich Katja die Pappschachtel und öffnete sie. „Komm", sagte sie, „wir bauen die Garage mal auf!"

„Kuck mal, Autos", sprang ihr Sadiq zur Seite und deutete auf das Bild der Verpackung, weil ihr Sohn doch Autos so liebte und er inständig hoffte, dass dieser Hinweis seine Laune retten würde.

Aber in der Schachtel befanden sich keine Autos. Nur eine unendliche Anzahl an quietschbunten Plastikteilchen, die erst zusammengesetzt eine Parkgarage ergeben sollten. Mit zitternden Händen machte sich Katja daran, die Teile zusammenzusetzen, während Sadiq Ermutigungen und Beschwichtigungen stammelte. Es war klar, dass hier eine ganz große Pleite drohte.

Als Katja schließlich die Parkgarage zusammengebaut hatte und in einem letzten verzweifelten Versuch, den Abend zu retten, mit gespieltem Triumph Denis' Geschenk vor ihn auf den Boden stellte, stieß der kleine Autist einen Schrei aus, packte das kantige Ding und schleuderte es ihr an den Kopf. Das war zu viel. Sie brach in Tränen aus. Der Kampf um ein fröhliches erstes Familienweihnachtsfest war endgültig verloren.

„Scheiß doch auf den Heiligen Abend", zischte Katja. „Ich will spazieren gehen."

„Aber", sagte Sadiq, „das geht doch nicht. Wir feiern doch gerade unser erstes eigenes Weihnachten!"

„Mir ist die Lust auf Feiern vergangen", schniefte sie. „Lass uns rausgehen und bei den Leuten in die Fenster kucken."

Sie hatte recht. Es war zwecklos. Die Lage war nur noch dadurch zu retten, dass sie so taten, als wäre es der ganz gewöhnliche Abend eines stinknormalen Wochentages. Sie packten die Jungs warm ein, setzten sie in den großen Doppelkinderwagen, den sie ‚das Schiff' getauft hatten, und durchstreiften schweigend und deprimiert die Straßen.

Draußen war es dunkel, kalt und ungewöhnlich still. Aus den Fenstern der Häuser leuchteten Lichter: Kerzen, Lichterketten und anderer Weihnachtsschmuck, aber auch bunte Spiralen und blinkende Dinger, die den Eindruck machten, als sollten sie den Flugverkehr über Huchting regeln. Die frische Luft und die Bewegung taten gut. Wer sagt denn überhaupt, dachte Sadiq, dass diese Leute, die da hinter ihren Gardinen und vor ihren Bäumen hocken, glücklicher sind als wir?

Katja drehte sich zu ihm um und hatte wieder ein leichtes Lächeln auf den Lippen. „Weißt du, worauf ich Lust habe?", sagte sie.

„Nee, worauf?"

„Döner!"

„Leck mich am Arsch", sagte er, „warum eigentlich nicht?"

Sie lenkten das Schiff durch die Kirchhuchtinger Landstraße zu ihrem Lieblingsimbiss und bestellten drei schöne große Döner. Im Laden war es sehr warm, außerdem hatte der Kinderwagen darin keinen Platz, und es war zu umständlich, beide Kinder herauszuhieven. Sie gingen lieber weiter, stellten sich schließlich an einen Stromkasten direkt an der Straße gegenüber der St. Georgs-Kirche und betrachteten das heiligabendliche Treiben in Huchting.

In diesem Augenblick läuteten die Glocken. Die Christmette war gerade zu Ende gegangen. Und deshalb zogen, während sie in ihre Döner bissen, gut gekleidete Damen und Herren wie in einer Prozession an ihnen vorbei, auf dem Weg zu ihrem Festessen, und musterten sie argwöhnisch.

Ich komm mir vor wie die heilige Familie", sagte Sadiq mit vollem Mund und grinste.

„So was Ähnliches habe ich auch grad gedacht", sagte Katja. Dann mussten sie lachen.

Er hat inzwischen die Carl-Hurtzig-Straße erreicht. Ein Fußweg führt an den Räumen des Nachbarschaftstreffs vorbei, über die stillgelegten Gleise und weiter in die Robinsbalje. Hier umgeben ihn hohe Wohnblöcke, von denen manche heruntergekommener aussehen als andere. Am Rand der Straße stapelt sich ein Haufen alter Möbel, die offensichtlich jemand loswerden will. Ein weißes Plastikband mit orangefarbenem Aufdruck ist darüber gespannt worden, auf dem zu lesen ist: „Wir ermitteln – Die Bremer Stadtreinigung". Sadiq muss lächeln.

Er bleibt stehen, dreht sich um die eigene Achse und nimmt alles in sich auf: die hohen Fassaden, die dunklen Hauseingänge, die grell blinkende Weihnachtsdeko an den Fenstern. Und er denkt sich: Hier wohnt auch die eine oder andere heilige Familie. Und wahrscheinlich sind es mehr, als man ahnt.

Dann geht er wieder zu den Gleisen und macht sich einen Spaß daraus, auf ihnen durch die Dunkelheit nach Hause zu wandern, unter der B75 hindurch und vorbei an ThyssenKrupp. In der Nähe des Haßkamps findet er eine Lücke im Zaun und kehrt zurück zu den anderen, zurück in den Festtagswahnsinn.

Der Verlag weist ausdrücklich darauf hin, dass im Text enthaltene externe Links vom Verlag nur bis zum Zeitpunkt der Buchveröffentlichung eingesehen werden konnten. Auf spätere Veränderungen hat der Verlag keinerlei Einfluss. Eine Haftung des Verlags ist daher ausgeschlossen.

MIX
Papier aus verantwortungsvollen Quellen
FSC® C014496
www.fsc.org

Dillerberg 1, 35614 Asslar

1. Auflage 2020
Bestell-Nr. 835250
ISBN 978-3-86334-250-0

Umschlaggestaltung: Mareike Schaaf
Unter Verwendung von Shutterstock
Satzlayout: Immanuel Grapentin
Satz: Uhl + Massopust, Aalen
Lektorat: Sarah Koller
Druck und Verarbeitung: GGP Media GmbH, Pößneck
Printed in Germany

www.adeo-verlag.de